SAGAN ET FILS

Denis Westhoff fait ses études à Paris puis part vivre à New York – dont il tombe amoureux. De retour en France, il rejoint la branche communication et marketing au sein du groupe Havas. Mais passionné par l'image, il décide de changer de carrière et devient photographe. Il travaille pour le cinéma puis réalise des nombreux reportages dans l'univers du voyage, du tourisme, de la gastronomie. Au décès de sa mère en 2004, malgré une succession très déficitaire, il décide de la reprendre et s'occupe, depuis lors, de l'exploitation de ses œuvres. En 2009, il fonde l'association puis le prix Françoise Sagan.

DENIS WESTHOFF

Sagan et fils

STOCK

Sauf indication contraire, toutes les citations de Françoise Sagan dans ce texte sont extraites de Un certain regard, *paru aux éditions de l'Herne en 2008.*

Avec l'aimable autorisation de Lucky Comics et des Éditions Dupuis.

ISBN : 978-2-253-17410-3 – 1re publication LGF

À Joyce.

À William.

Introduction

Que l'on ne s'y trompe pas : je ne suis pas plus écrivain que détenteur d'une vérité absolue. Je me suis efforcé, au long de ces pages, de relater les faits dont je fus le témoin parfois attentif, parfois amusé, quelquefois ébahi, mais dont jamais, je crois, je ne fus le témoin désenchanté. D'autant de bonne volonté, de sincérité, de loyauté et d'attachement à ma mère ce livre soit-il empreint, il ne demeure que le reflet de *ma* vérité. La place toute privilégiée que j'ai occupée à ses côtés me place aujourd'hui dans une position presque aussi inédite que désignée, celle d'un redresseur de torts de biographies. Je les vois bien, ceux qui attendent de ce texte qu'il vienne passer un grand coup de balai sur tout ce qui a été dit, transformé, répété sur la vie de ma mère depuis des lunes. Je les vois bien aussi, ceux qui se sont fièrement lancés avant moi dans le récit de la vie de Sagan et qui doivent aujourd'hui trembler.

Je le répète, je ne détiens pas de vérité absolue et inattaquable sur ma mère. Ma place auprès d'elle ne m'a pas permis d'échapper à sa légende et je serais de mauvaise foi en affirmant ne jamais m'être caché derrière elle. S'il est difficile pour un fils de confronter sa mère à une légende imposante à ce point, il l'est tout autant de s'attacher à rendre ce miroir déformant aussi conforme à la réalité que possible.

Je ne *détiens* donc – si je puis dire – qu'une petite part de la vie de ma mère. J'ai effectué un rapide calcul : si l'on retire les moments où je n'existais pas encore, ceux où j'étais là mais où nous ne pouvions pas nous parler – parce que je m'obstinais à ne dire que bababa – et ceux où l'existence nous a éloignés l'un de l'autre (les voyages, les conquêtes, les déménagements, les moments difficiles), ma mère a passé la moitié de sa vie avec moi. (Alors que si l'on retranche ces mêmes moments de ma vie à moi, on s'aperçoit qu'au jour de sa disparition, j'avais passé les quatre cinquièmes de ma vie avec elle.) Je ne suis donc le témoin, si attentif et objectif qu'il puisse être, que d'une moitié de vie. Pour aggraver encore cette demi-cécité, et au risque de décevoir, je ne suis arrivé que bien après ce qu'elle a appelé « la corrida » et qui a commencé avec les éclats triomphants du succès de son premier roman. Je n'étais donc pas là pour danser des cha-cha-cha endiablés avec une bande de joyeux lurons jusqu'au petit matin à L'Esquinade de Saint-Tropez, pour suivre la nationale 7 déserte au milieu de la nuit, seulement éclairée par les étoiles et par les phares d'une Jaguar XK140 lancée à toute allure, pour connaître un Paris que l'on traversait en dix minutes parce qu'il n'y avait pas de voitures, ou pour prendre place auprès du prince Farouk, assis à côté de l'Aga Khan, à la table de chemin de fer du casino de Monte-Carlo, et l'entendre demander un banco.

Je ne pouvais donc pas être là non plus lorsque sa fameuse légende se construisit, puisque, à quelques excentricités près, ce devait être à la même période. Mais à l'inverse de tout ce qu'elle a décrit, parfois avec justesse, parfois non, et qui a aujourd'hui disparu, sa légende est toujours là. Certes, elle a un peu vieilli. Les temps sont durs depuis que Sagan n'est plus là pour faire ses bêtises. La légende Sagan n'a plus la vie facile. D'une certaine manière, et un peu par la force des choses, aujourd'hui c'est moi qui l'ai récupérée, *recueillie*. Je ne peux pas dire qu'elle ne soit pas agaçante, avec sa manie de répéter tout le temps les mêmes histoires, mais au fond elle est plutôt gaie et assez confortable. Gaie parce qu'il est vrai, disait ma mère, que « boîtes de nuit, whisky et Ferrari valent mieux que cuisine, tricot et économies », et confortable parce que les gens ont tendance à s'y conformer. Cette légende me fait penser à une colocataire bavarde, un peu encombrante, mais toujours de bonne humeur, à qui vous confiez vos visiteurs les plus barbants, ceux dont vous ne parvenez plus, en fin de soirée, à vous dépêtrer. Mais le principal attrait de cette légende – et ce qui la caractérise très particulièrement par rapport à ma mère – est qu'elle a un tas, je dirais une multitude d'histoires à raconter. Je crois qu'il existe peu de personnalités – de « pipaule » comme j'ai vu un jour écrit dans la presse – dont la légende soit aussi riche, aussi variée, et dont la vitalité et la longévité soient telles. Au faîte de la gloire de ma mère, au cours des mois puis des années qui ont suivi *Bonjour tristesse*, la légende avait pris une telle ampleur qu'elle avait pratiquement phagocyté son nom et le fait qu'elle fût écrivain. Sagan n'était plus qu'une légende. On pourrait presque dire qu'*une légende était Sagan*.

C'est un enchaînement singulier des événements qui a permis à la légende de naître, de grandir et de devenir ce qu'elle est. Au départ, il y eut le scandale occasionné par le livre ; l'histoire d'une jeune fille qui faisait l'amour avec un garçon, au milieu de quelques complications passionnelles, sans qu'elle ait à souffrir de conséquences morales. Mais c'est le Prix des critiques qui a tout déclenché, et l'article de François Mauriac dans *Le Figaro* où il traite Françoise Sagan de « charmant petit monstre » – à quoi elle rétorquera qu'elle n'était ni petite, ni charmante, ni monstre. Il y a aussi eu le fait qu'elle soit si jeune, jeunesse dont beaucoup de journalistes se sont emparés pour « vendre » leurs papiers et faire leur publicité. Le livre s'est assez vite écoulé à des centaines de milliers d'exemplaires, suffisamment pour devenir ce que l'on appelle un « phénomène » et pour éclairer ma mère du *soleil de la gloire*.

Ainsi, du scandale naquit la gloire, et de la gloire naquit la légende. Mais celle-ci fut si encombrante et collante que ma mère eut l'impression de ne plus être qu'une « chose », une chose dépourvue de toute consistance, de toute réflexion et de toute intelligence. La prisonnière de son personnage dont il était devenu impossible de se défaire. « J'étais une héroïne de bande dessinée qui s'appelait Sagan. On ne me parlait plus que d'argent, de voitures, de whisky, je recevais trois ou quatre lettres d'injures par semaine. »

Étonnamment, et quels que puissent être les torts qu'on lui trouve, la légende est toujours présente et donne à la vie un visage enjoué, déluré et lumineux qui égaye, je devrais dire « désattriste », en ce début de millénaire portant, lui, le visage émacié et usé de la monotonie. Parce qu'il y a dans la légende Sagan des parfums – des *essences* – oubliés qui réveillent en nous cette idée bien *saganienne*, et finalement universelle, du bonheur.

Aussi lorsque Jean-Marc Roberts suggéra de « me lancer » et d'écrire le livre de mes souvenirs avec ma mère – cette idée était évidemment dans l'esprit d'un bon nombre de personnes depuis un certain temps et je sentais la chose arriver et grossir, je savais que je n'y échapperais pas, mais je prétextais toujours que j'avais *encore* des questions d'impôts à régler et que mon esprit n'était pas disposé à écrire –, j'ai su que je devrais m'accommoder de sa légende, ou plutôt que sa légende devrait s'accommoder de moi. Nous avions, elle et moi, de jolis comptes à régler. C'était simple, puisque je me servirais d'elle pour appuyer mes vérités. Dès lors, que pourrait-elle trouver à redire ? Nous nous attellerions tous deux à l'évocation de notre passé. Nous tâcherions d'être loquaces et je m'attacherais à être authentique.

Maintenant que nous avions un livre à rendre, et alors qu'en ce moment la légende est un peu perdue, qu'elle fait un peu grise mine, je lui ai proposé de venir s'installer chez moi. Nous avons décidé, pour un temps, *le temps de l'écriture*, de vivre ensemble. Je lui ai attribué la petite chambre au fond du couloir, à gauche. De là-bas, elle peut bien essayer de faire du raffut, de radoter tout son soûl, je ne l'entendrai pas.

Nul doute que la légende soit enchantée de ce projet. On va enfin et de nouveau s'intéresser à elle. Elle qui, justement, ne vit que par procuration, elle qui n'aime pas être seule, qui n'aime pas que l'on parle de livres, de théâtre, d'engagements ou de choses sérieuses. À nouveau nous allons pouvoir parler de noubas, de whisky, de bolides, de tables de roulette, d'argent vite gagné et aussi vite distribué, de scandales financiers, de voyages organisés, d'impôts non payés, d'amours prohibées et de transport de produits non autorisés… La légende doit encore penser que, de la même manière qu'avec certains biographes – et notamment avec le dernier –, elle va pouvoir prendre toute la place dans les pages de ce livre, alimenter de nouveaux mensonges. Non, cette fois, cela ne sera pas. Nous allons faire tout le contraire. Je vais me servir d'elle, que je connais par cœur, et de la vérité, que je connais un peu, pour rétablir l'équilibre. Cet équilibre qui, si souvent et récemment encore, fut honteusement bafoué.

Car si peu m'importe la légende qui porte en elle des images de gaîté, d'insouciance, d'audace et de liberté, il m'est en revanche insupportable qu'on la transforme encore à seule fin de se mettre en avant, que l'on se place devant celle dont on est supposé relater la vie. Je veux parler de ces biographes tricheurs qui, se prenant pour des écrivains, se sont affranchis de la vérité, s'autorisant avec la vie de Françoise Sagan, *la vie de ma mère*, des libertés qui ne sont pas acceptables. Elles ne sont pas acceptables parce qu'elles rapportent des propos supposés et inventés, et révèlent, dans le cas – et ça l'est – où l'auteur est journaliste, de graves négligences professionnelles puisqu'elles consignent comme vrais des faits non vérifiés et non avérés. Leurs propos portent préjudice à ma mère, à son image, mais aussi à ses amis, à ceux qu'elle a aimés et respectés, et dont certains sont écorchés au passage. Je citerai pour exemple un extrait du livre de cette biographe, l'un de ceux qui m'ont le plus surpris, qui concerne le cardigan prétendument ajouré par des brûlures de cigarette et la manie qu'aurait eue ma mère d'écraser ses mégots à côté du cendrier. Quel intérêt d'écrire cela dès les premières pages d'un livre ayant la prétention de narrer la vie d'un écrivain tel que Françoise Sagan ? En quoi cette information est-elle essentielle à la compréhension de l'auteur et de son œuvre ? J'ai eu le sentiment que la biographe tenait, dès le début du livre, à donner une image dégradante de ma mère. Outre le fait qu'elle n'est pas essentielle, cette information est erronée. S'il est exact que ma mère portait parfois des jeans et des cardigans, elle prenait toujours grand soin de son apparence. Jamais, dans mon souvenir, elle n'est apparue en public, sur un plateau de télévision, chez des amis ou chez elle en compagnie, sans s'être « repoudré le nez » et sans s'être donné un « coup de peigne », sans avoir sur elle un vêtement toujours propre et repassé, fût-il « sport ». Je défie d'ailleurs quiconque de me rappeler un moment de télévision, à *Apostrophes* ou ailleurs, où ma mère n'apparaîtrait pas bien habillée ni soignée. Les principes d'éducation bourgeoise assez stricts qu'elle avait hérités de ses parents la maintenaient dans une obligation de tenue toujours décente avec les autres. À cela s'ajoutaient un profond respect de la liberté d'autrui et un souci de courtoisie, puisque, soignant ainsi son apparence, elle évitait à l'autre de se retrouver dans une situation qui pût être gênante ou embarrassante.

En imaginant que l'histoire du cardigan ajouré fût vraie, je pensai, en toute logique, que ce nombre incalculable de trous devait bien correspondre à un nombre tout aussi incalculable de cendres rougeoyantes ne cessant de tomber sur elle, à l'image, même, d'une véritable pluie de petites météorites. Et si ces météorites étaient incandescentes au point de traverser le vêtement, elles auraient dû finir par lui brûler la peau, le torse ou les bras ; or, je n'ai pas souvenir de ma mère se plaignant de semblables brûlures. Poursuivant la lecture de cette première page, il n'est pas plus vrai que ma mère écrasait ses mégots sur la table, à côté du cendrier. Et quand la biographe relate qu'« après être partie » (de cet entretien), elle avait « le cerveau vide », je prétends, moi, qu'elle l'avait avant et qu'elle l'avait sans doute encore lorsqu'elle écrivit ces lignes.

Si j'exprime si ouvertement mon mécontentement, c'est que je n'aime pas cette image que l'on donne de ma mère, celle d'une femme d'apparence grossière, d'une femme négligeant jusqu'à ses obligations les plus élémentaires de respect, de savoir-vivre, et errant dans un univers riche et bohème, celui d'une personne cultivant une sorte de désordre et de désinvolture permanents. Ce n'est pas la femme que j'ai connue, ce n'est pas la femme que nous avons tous connue, pendant près de quarante ans, mais bien son exact contraire. Pour clore le sujet, je ne manquerai pas d'évoquer la grossièreté – cette fois-ci avérée – dont cette biographe fit preuve en faisant reproduire dans son livre une série de photos prises par Pierre Quoirez, le père de ma mère, sans le mentionner ni en faire la demande, ni, bien sûr, remercier quiconque.

Ma mère et moi avons partagé trente vraies années de gaîté, d'inattendu, d'intelligence, d'humour, d'esprit, d'idées. C'est notre entente, notre lien *transparent*, le fait que nous pussions si souvent nous comprendre sans nous parler – un peu à l'image de cette complicité si particulière qu'elle avait bâtie avec Bernard Frank et quelques autres –, qui nous faisait nous rejoindre sur autant de sujets, partageant un même enthousiasme ou une même indignation. C'est au nom de cette complicité et de cette entente si pétillante, si vivante, que je me devais de corriger ces mythes, de redresser certains de ces miroirs déformants qui reflétaient une vérité qui n'était pas la sienne, ignorant son entrain, son imagination, son audace, sa liberté. Je veux bien les mythes, je veux bien la légende, encore faudrait-il qu'ils fussent vraisemblables et conformes à ce que fut ma mère.

Une des plus célèbres légendes, et l'une des plus coriaces puisqu'elle court encore aujourd'hui, près de soixante ans après – je l'ai entendue dans un dîner il y a quelques semaines –, est celle qui l'évoque conduisant pieds nus ses voitures de sport. On la doit à un journaliste de *Paris Match* qui surprit un jour ma mère au retour de la plage, assise dans sa voiture, ce doit être une Jaguar ou son Aston Martin, les pieds nus. Ils sont à l'extérieur de la voiture parce qu'elle tente justement d'en épousseter le sable qui s'y est déposé. La poésie de cette image, insinuant que son goût de la liberté allait jusqu'à lui faire refuser d'enfermer ses pieds dans des chaussures pour conduire, a évidemment séduit le public qui l'a trouvée – bien que l'histoire fût fausse – en accord parfait avec la représentation qu'il se faisait d'elle. Que l'on puisse penser cela de ma mère ne me blesse pas, au contraire, cela me rassure car comment pourrait-on croire alors à cette histoire de cardigan ajouré ? Cette scène ne devrait pas survivre à la biographie dont elle est tirée. La légende de la conduite aux pieds nus, elle, est charmante. Quel intérêt aurais-je à m'épuiser à ajuster des miroirs, à rétablir des vérités, si celles-ci sont plaisantes et nous détournent de l'ennui ?

Si la légende, dans ce qu'elle a de plus charmant, m'accompagne dans l'écriture, il reste que l'essentiel de ce livre s'attachera à la raconter, elle, Françoise Sagan. À la faire revivre en tant que mère et que femme, femme d'esprit, femme drôle, femme capricieuse parfois, femme fragile aussi. À moins que ma présence ne soit absolument indispensable, je m'efforcerai de rester le plus en retrait possible. Comme elle, je considère que lorsqu'on parle de soi, que l'on évoque son passé, l'on est souvent ennuyeux parce que trop complaisant avec soi-même. Mais comment décrire une femme aussi exceptionnelle que Françoise Sagan ? Comment évoquer son intelligence, son acuité, sa lucidité, la justesse de son regard sur les gens, son humour, sa gaîté, son imagination, sa générosité, sa compréhension, et là je veux parler de cette compréhension du monde et de l'être humain, si simple mais si profonde et si éclatante de clarté ? Comment raconter son sens si rare de l'amitié ? Comment parler de ce qui fit d'elle, décrite par tous comme la plus immorale de sa génération, la femme peut-être la plus morale de son temps ? Du fait qu'elle fut autant, follement, démesurément, résolument, libre et indépendante pour son époque ? Et qu'elle continue encore d'en épater quelques-uns, à ce point qu'elle fait désormais figure d'icône ?

Ma mère avait une intelligence comme on en rencontre rarement au cours d'une vie. Sa tête allait tellement vite que l'on pouvait parfois penser qu'elle réagissait de manière totalement spontanée, par réflexe plus que par raison, comme par instinct (à ceci près que, à mon sens, elle était tout à fait dépourvue d'instinct). Je pense que c'est cette intelligence qui lui a donné sa compréhension presque innée du monde, de nous, êtres humains perdus sur notre petit bout de terre. Elle avait une appréhension immédiate de l'essentiel et sa perception du bonheur était peut-être la plus juste qui fût. Car c'est bien le bonheur qui a guidé sa vie la plupart du temps. Il fut son complice, son allié, et c'est ce bonheur, dont elle percevait si bien les contours et l'essence, qu'elle s'est efforcée, tout au long de sa vie, de distribuer et de partager. Son intelligence la portait vers les autres, sa générosité ne laissait aucune place à la bassesse ni à la malveillance. Cette image d'elle peut apparaître bien ingénue, mais ma mère ne comprenait tout simplement pas que l'on pût être méchant, mesquin, avare, égoïste, prétentieux, médisant, lâche, intolérant, raciste, étroit d'esprit, cupide. Et cette incompréhension n'était pas le fruit d'un quelconque jugement de valeur – dont elle s'abstenait d'ailleurs naturellement. Ces mots, ces attitudes, ces manières d'être lui étaient tout simplement extérieurs. Ils l'ennuyaient, ou plutôt, comme elle le disait, ils « l'assommaient », à ce point qu'elle y était totalement imperméable. Sa gentillesse et sa générosité, qui certes confinaient parfois à la candeur, lui causèrent hélas de grandes douleurs – qu'elle ne montra d'ailleurs jamais – à certains moments de sa vie. Comme elle avait pour principe de ne pas faire aux autres ce qu'elle ne voulait pas que l'on lui fît, elle n'agissait jamais d'une manière qui humiliât l'autre. Que l'on pût dénigrer un groupe désigné, Africains, Juifs, Chinois ou quelque communauté ou corps que ce fût, la laissait stupéfaite. Elle ne comprenait pas que l'on pût tenter de nuire à quelqu'un – en particulier à l'un de ses amis –, de l'avilir. Elle ne tolérait pas que l'on s'en prît à un être plus faible que soi, un malade, une personne âgée – elle avait une tendresse particulière pour nos ascendants, à ses yeux dignes de tous nos égards –, un enfant, un ours, un cheval, un chien ou un chat. Elle fut à ce point frappée et déçue par la trahison de celui qu'elle croyait son ami, et qui joua le rôle d'intermédiaire dans la sombre « affaire Elf », qu'elle remplit des pages entières de l'un de ces petits carnets qu'elle avait toujours auprès d'elle, y exprimant son incompréhension, sa douleur et sa colère. Cet homme avait bafoué ce qui pour elle était intouchable : son amitié et sa confiance. Elle disait : « Il vaut mieux se faire blouser par quelqu'un que ne pas lui faire confiance ; ça, j'en suis sûre, la seule règle morale est d'être, autant que l'on peut, parfaitement bon et parfaitement ouvert ; on ne risque rien. »

Autant son incompréhension de ce qui pouvait blesser, heurter, faire de la peine était irrémédiablement figée, autant elle faisait preuve de la plus grande indulgence et même du plus grand appétit pour tout ce qui allait à l'encontre de ces bassesses. Chez elle, l'attention à l'autre, l'amitié, l'humour, la tendresse, l'amour, la passion ne connaissaient pas de limites. Plus que dans le jeu, l'argent, les voitures ou la vitesse, c'était là que se situaient ses véritables excès. Elle aimait à l'excès, maniait l'humour à l'excès, donnait et se donnait à l'excès. En cela plus qu'en tout ce qu'on a pu dire ou écrire, elle était déraisonnable. Et elle avait cent fois raison.

1

Lorsqu'elle me parlait de son enfance et de sa jeunesse, ma mère faisait toujours le tri dans ses souvenirs. Les épisodes tragiques d'un côté où ils demeuraient cachés, protégés de mes regards par une grande pudeur, et les moments de bonheur, les moments drôles, ceux qui pouvaient m'être révélés, de l'autre. Les moments tristes ou ennuyeux, car il dut bien y en avoir, elle ne me les racontait pas ; la mémoire était sélective, disait-elle, et ne voulait bien garder que les souvenirs les plus heureux ou les plus étonnants. De ce fait, je n'eus de son enfance que des récits amusants. Et lorsqu'il lui arrivait de me raconter des épisodes qui pouvaient paraître graves, tous se rejoignaient par leur issue heureuse ou inattendue.

Qu'il s'agisse des souvenirs des années de guerre et d'après-guerre, ou de ce qu'elle connut plus tard, bien plus tard, lorsque nous vivions ensemble, je pense que ma mère a toujours voulu me tenir à distance des événements les plus tragiques, les plus violents ou les plus tristes. Elle savait qu'elle ne pourrait pas me protéger de tout, mais il y avait certaines choses qu'elle considérait comme suffisamment choquantes pour ne pas les partager avec son fils. De manière générale, elle usait toujours de cette délicatesse qui consiste à ne jamais heurter, ne jamais blesser les gens avec des mots ou des idées. « Le malheur est indécent. Et, en plus, il ne vous apprend rien. » Lorsque j'eus onze ans, il y eut une terrible catastrophe au Salon du Bourget. Un Tupolev 144, la copie russe du Concorde, s'écrasa sur le village de Goussainville. J'étais à la maison avec ma mère et le hasard voulut que la télévision, pourtant toujours éteinte, fût allumée ce jour-là. Le journal télévisé annonça la nouvelle et prévint que des images de l'accident allaient être diffusées. Ma mère me pria alors instamment de sortir de la pièce.

Bien que les Quoirez vécussent dans le Vercors – mon grand-père s'était vu confier la direction d'une usine dans le Dauphiné, en Isère, à Saint-Marcellin –, une région qui devint, avec les mouvements de Résistance qui s'y implantèrent, l'un des endroits les plus agités en France où se déroulèrent certains des épisodes dramatiques de la guerre, ma mère fut épargnée des pires violences et atrocités. Elle n'échappa cependant pas à la vision de ces femmes rasées que l'on exhiba dans les rues du village, à la Libération, et contre laquelle ma grand-mère s'insurgea en criant : « Vous n'avez pas le droit de faire ça, ce sont les mêmes procédés que les Allemands ! » Elle comprit ce jour-là que le monde n'est pas tout blanc d'un côté et tout noir de l'autre. Mais le vrai choc de cet immédiat après-guerre, ce fut à Lyon, dans un cinéma de quartier, où elle découvrit avec effarement les premières images des camps de la mort. À compter de ce jour, elle ne laissa plus jamais dire de mal d'une minorité, d'une « race » ou d'un opprimé en sa présence. Je la vis un jour reconduire un invité à la porte de chez nous, poliment, parce qu'il avait médit d'un Juif. Quelque temps plus tard, nous étions à un dîner chez des gens et pour les mêmes raisons, je ne sais plus s'il s'agissait cette fois d'un Juif ou d'un Noir, elle se leva de table, prit son manteau, son sac, moi par la main, et sortit. C'est aussi à compter de ce jour qu'il ne fut plus question d'un quelconque rapprochement avec Dieu. Même si je pense que, d'une certaine manière, ma mère fut une sainte, elle était véritablement athée. Elle pensait, comme Faulkner, que ce n'était pas la religion mais bien « l'oisiveté qui engendre toutes nos vertus, nos qualités les plus supportables : contemplation, égalité d'humeur, paresse, laisser les gens tranquilles, bonne digestion mentale et physique... ».

Pendant les années d'Occupation, Pierre et Marie Quoirez et leurs trois enfants, qui avaient fui Paris à l'arrivée des Allemands, passaient cinq ou six mois dans la maison de Saint-Marcellin – qui s'appelait « La Fusilière » parce qu'on y avait fusillé des gens pendant la guerre de 1870. Lorsque les mouvements de Résistance commencèrent à s'amplifier, vers la fin de 1942, les Allemands devinrent très nerveux et extrêmement méfiants. Un jour que mon grand-père s'était absenté, un jeune homme était venu dans la cour de la maison et avait demandé à ma grand-mère s'il pouvait garer son camion derrière la ferme. Ma grand-mère, toujours prête à rendre service, lui avait répondu : « Oui, bien sûr ! » et n'y avait plus pensé. Le soir, mon grand-père est rentré. Il a parlé de choses et d'autres avec ma grand-mère jusqu'à ce que, au milieu du dîner, elle se souvienne de l'événement et s'écrie : « Tiens, il y a un jeune garçon qui est venu ranger son camion tout à l'heure. » Mon grand-père est allé voir. La camionnette était bourrée d'armes. Alors il l'a prise et il est allé l'abandonner dans un champ, à des kilomètres de la maison, puis il est rentré à pied, furieux comme un diable. Peu après, les Allemands sont arrivés. Trois de leurs officiers avaient été tués dans les environs. Ils ont tout fouillé, la maison, le parc, les maisons voisines, les dépendances, les alentours. Ma mère, son frère Jacques, sa sœur Suzanne et tous les gens attendaient dos au mur, avec la peur au ventre. Quelque temps après le départ des Allemands, le jeune type est revenu froidement réclamer sa camionnette. Il a été reçu par mon grand-père qui lui a flanqué une sacrée correction.

Les Quoirez avaient également un appartement à Lyon, à une centaine de kilomètres de Saint-Marcellin, où Suzanne s'était inscrite à l'école des Beaux-Arts. À partir du printemps 1944, il y eut des bombardements alliés sur la ville et ses environs. Quand retentissaient les sirènes, ma grand-mère refusait catégoriquement de descendre à la cave parce qu'elle trouvait le lieu affreux et sale. Un jour, pourtant, le bombardement fut si violent qu'elle fut contrainte d'aller s'abriter avec les autres. Pendant le raid, alors que les grondements étaient épouvantables, que les murs tremblaient, que les gravats tombaient et que les gens pleuraient, terrifiés, ma grand-mère resta très calme. Du coup, ma mère et sa sœur, rassurées, jouèrent aux cartes tranquillement en attendant que ça passe. Lorsque le raid prit fin, tout le monde remonta dans l'appartement et ma grand-mère, en ouvrant la porte de la cuisine, tomba nez à nez avec une souris et s'évanouit. Ma grand-mère, tout comme mon grand-père, ne craignait rien, pas même les bombes, mais elle avait une peur affreuse des souris.

Au cours de cet été 1944, Jacques, le frère de ma mère, qui devait avoir seize ou dix-sept ans et voulait absolument se rendre utile, s'était inscrit dans la Défense passive. Il était censé porter assistance aux civils pendant les bombardements, les diriger vers les abris, les caves ou les dispensaires pour les blessés. Il s'était donc procuré l'équipement, masque à gaz, casque et uniforme, et il avait soigneusement disposé le tout au pied de son lit au cas où une alerte surviendrait pendant son sommeil. Mais lorsque, une nuit, les sirènes retentirent dans le ciel de Lyon, Jacques ne se réveilla pas. Ma grand-mère se garda bien de le prévenir. Elle ne tenait pas du tout à ce que son fils sorte dans la rue sous les bombes et prenne des risques inconsidérés, si noble qu'en fût la cause.

Comme tout le monde à l'époque, parce qu'on ne trouvait rien à acheter, mon grand-père battait la campagne, allant frapper aux portes des fermes pour tenter de trouver de quoi nourrir les siens. Un jour de chance, il dénicha une pintade. Il annonça à tout le monde sa trouvaille et la maisonnée attendit sur le pas de la porte le retour du héros. Lorsqu'il arriva, il ouvrit le coffre de la voiture avec un geste solennel : « Regardez ce que j'ai trouvé ! » et la pintade, qui n'avait que les pattes entravées, de s'envoler et disparaître dans le ciel de Lyon. Mon grand-père referma le coffre et tout le monde rentra sans dire un mot. La famille a ri de cette histoire pendant vingt ans.

De ces six années passées essentiellement à la campagne entre le Vercors, Lyon et le Lot – elle allait chaque été chez sa grand-mère maternelle à Cajarc, dans la propriété de famille, une grosse maison de bourg style IIe Empire avec un toit d'ardoises –, naîtra ce lien si fort avec la nature, les animaux, et la vie. « J'adore la campagne, j'y ai été élevée, j'y suis restée jusqu'à quinze ans et j'y retourne très souvent. J'aime l'air, j'ai besoin d'air, d'herbe, j'aime monter à cheval, me promener des kilomètres sans voir personne, j'aime les rivières, l'odeur de la terre. Je viens de la terre. » Elle a six ans quand son père sauve Poulou de la boucherie, un petit cheval, et lui en fait cadeau. Avec Poulou, qu'elle monte à cru, elle part pour de longues promenades dans ce Vercors perdu et sauvage. « Poulou était vieux, grand et blond. Il était aussi maigre et paresseux. [...] Poulou et moi nous montions et descendions les collines, traversions les prés, en biais, interminablement. Et puis des bois. Des bois qui avaient une odeur d'acacia et où il écrasait les champignons de ses gros fers [...]. Il galopait et penchée en avant, je sentais son rythme dans mes jambes, dans mon dos. J'étais au comble de l'enfance, du bonheur et de l'exultation. » Elle savoure « une sorte de temps au ralenti, un temps sans cassure, sans brisure et sans bruit[1] » qu'elle évoque dans « Cajarc au ralenti ». Un sentiment de paix, de solitude et d'indépendance dont elle ne pourra plus se passer.

Après la guerre, ma mère rentre à Paris et retrouve l'appartement du boulevard Malesherbes que mes grands-parents avaient quitté en juin 1940. Elle va connaître une scolarité mouvementée. Elle se fait renvoyer du cours Louise-de-Bettignies, qui est en face

1. Françoise Sagan, « Cajarc au ralenti », *Maisons louées,* éditions de l'Herne, 2008.

de chez elle, pour avoir « pendu un buste de Molière par le cou avec une ficelle à une porte » parce qu'elle avait eu « un cours particulièrement ennuyeux sur lui ». Si Racine – dont elle pouvait déclamer des pages de *Phèdre* ou de *Bérénice* durant des heures – la fascinait, Molière l'a toujours profondément barbée. Ce qu'elle aimait dans le théâtre de Racine, c'était ce modèle accompli de la tragédie, l'intrigue qui naît du choc des passions, la peinture des personnages et, surtout, la métrique, la musique absolument parfaite du texte. Je pense que c'est cette fascination pour Racine qui a fait qu'elle n'écrivit jamais deux lignes sans que le rythme fût juste, sans que la phrase fût parfaitement équilibrée. « J'équilibre les phrases [...], je vérifie le rythme. Dans une phrase de roman, le nombre de pieds n'est pas fixé, mais on sent très bien si la phrase est boiteuse en la tapant ou en la prononçant à haute voix. »

Lorsqu'elle est renvoyée du cours Louise-de-Bettignies, elle ne le dit pas à ses parents et passe les trois derniers mois précédant les grandes vacances à faire l'école buissonnière. Tous les matins à huit heures, son cartable sous le bras, elle part se promener dans Paris, avant de rentrer chez elle à six heures du soir.

Après un été parisien passé à lire Sartre, Camus, Cocteau, elle sera admise au couvent des Oiseaux, puis renvoyée pour « manque de spiritualité ». Il faut dire qu'elle y récitait Prévert : « Notre Père qui êtes aux cieux, restez-y. Et nous resterons sur la terre qui est si jolie. » Ce qui, dans un couvent, était très mal vu. Ma mère passe finalement ses deux bachots dont un à la session de rattrapage d'octobre, et s'inscrit à la Sorbonne en propédeutique. Mais les amphithéâtres sont le plus souvent bondés et l'essentiel des cours se transforme bien vite en virées avec des amis dans le quartier Saint-Michel. Dans les conversations, il est beaucoup question de Dieu, de métaphysique et de politique. Et lorsqu'on a dix-sept ans en 1953 et que l'on s'intéresse à la littérature, les références sont Sartre et Camus, les deux écrivains qui occupent presque tout l'espace littéraire de l'époque.

Qu'elle ait dix-sept ans, se sente sûrement plus proche de Sartre que de Camus et soit un peu mythomane ne suffit cependant pas à expliquer qu'elle se mette en tête d'écrire un roman. L'écriture est une envie dont elle est saisie, une vocation, et elle sait déjà qu'elle veut en faire son métier, je dirais même sa vie. « J'avais toujours pensé devenir écrivain. » *Bonjour tristesse* n'est pas le fruit d'un hasard, ni d'une lubie. *Bonjour tristesse* est la réalisation de cet amour vrai pour l'écriture, pour les mots et pour la littérature. Ma mère fait partie des écrivains qui ont beaucoup lu, des écrivains *cultivés*. Elle, qui justifie sa mythomanie comme naturelle à son âge, va prétendre auprès de ses amis et de ses proches qu'elle écrit un roman. Et à force de le dire – et parce que je suppose que l'on devait lui demander régulièrement des nouvelles de son texte –, elle finit par le faire. *Bonjour tristesse* naquit ainsi de sa passion pour la littérature et de cette « obligation » de devenir écrivain. La parution du roman fut une surprise qui éblouit tout le monde, elle la première.

Elle avait commencé à écrire *Bonjour tristesse* et l'avait laissé dans un tiroir. « Je trouvais que ce n'était pas bon », a-t-elle confié lors d'une interview. L'été

1953, elle se retrouve en vacances à Hossegor. Elle vient d'échouer à l'examen de propédeutique et elle est un peu la risée de sa mère et de sa sœur. Agacée, elle décide de rejoindre son père à Paris et s'enferme dans l'appartement du boulevard Malesherbes pour reprendre l'écriture de son roman. Le manuscrit achevé, elle le fait taper, cela fait « plus propre ». Elle le confie à son amie Florence Malraux qui le lit d'une traite. Encouragée par les compliments et le soutien de Florence, elle glisse deux exemplaires du manuscrit dans une enveloppe marquée « Françoise Quoirez, Carnot 59 81 » et les porte – ou les envoie – l'un chez Julliard et l'autre chez Plon. Les lecteurs de Julliard sont plus prompts que ceux de Plon, et c'est donc René Julliard qui, sentant qu'il tient quelque chose de particulier entre les mains, appelle le premier puis, le téléphone étant en panne, envoie un télégramme : *Prière d'appeler d'urgence maison Julliard.* René Julliard, un homme de la génération de mon grand-père, charmant, élégant, cultivé, a tout de suite dit qu'il prenait le livre. Il y eut un premier tirage en mars, puis un deuxième, et il y eut le Prix des critiques. Ce fut ce prix, décerné au mois de mai 1954, qui déclencha ce que ma mère appela « la corrida ». Étonnamment, nous n'avons, elle et moi, presque jamais évoqué cette période qui pourtant devait changer totalement son existence. De ce jour, face à l'ampleur d'un succès chaque jour grandissant, elle devint un objet, « une chose dont on parle à la troisième personne ». Elle était pourchassée par les journalistes, harcelée par les photographes, regardée comme une bête curieuse, assaillie de questions le plus souvent idiotes : « Prenez-vous encore l'autobus ? » « Mangez-vous des nouilles ? » « Êtes-vous l'héroïne de votre roman ? » Elle était épouvantée. Avec le succès, vint le scandale, je devrais dire le double scandale, celui qui était lié au livre et à l'époque, et celui qui la confondit avec Cécile, sa jeune héroïne, assimilant son propre mode de vie à celui, dissolu, fitzgéraldien, de ses personnages. Le roman provoqua un tel tumulte que certains libraires refusèrent de le mettre dans leur vitrine ; d'autres dissuadaient les jeunes filles de l'acheter. *Bonjour tristesse* était un livre brûlant, un livre défendu. Lors des colloques, réunions et autres manifestations auxquels je participai récemment pour honorer la mémoire de ma mère, certaines personnes sont venues me voir après la clôture des débats. C'étaient toujours des femmes, pour la plupart de sa génération. Elles étaient extrêmement émues, parfois même bouleversées après notre évocation de cette période, celle du vent de liberté qu'avait fait souffler *Bonjour tristesse*, ce mince roman qu'elles avaient lu en secret, cachées sous les draps ou dans une remise, à la lueur d'une bougie. À travers l'émotion que je pouvais percevoir, toutes m'avouaient combien ce livre avait été marqué au fer : « Il valait mieux ne pas se faire attraper avec ce roman entre les mains ! », mais aussi à quel point il les avait marquées, avait imprégné leur jeunesse, combien il avait été un révélateur. Combien, après lui, les choses avaient changé.

Outre le scandale et la publicité qui furent pour beaucoup dans le succès du roman, le fait qu'il soit devenu si rapidement un « phénomène » fit que l'on attribua à ma mère tous les qualificatifs. On tenta bien sûr de l'associer à des courants littéraires, de la comparer à Sartre et à Camus, ce qui ne se fit pas sans une certaine perfidie. Un jour, Jean-Pierre Faye a dit : « Le roman de l'absurde et de l'existence a été vulgarisé par sa variante saganienne. » À quoi ma mère rétorqua : « L'absurde de l'existence n'a attendu ni Sartre, ni Camus (ni moi) pour être mis en roman. Les crétins non plus n'ont pas attendu notre siècle pour faire des commentaires de ce style. » Bien que ma mère fût effrayée par l'ampleur de ce succès et par tous ses corollaires et qu'elle tentât de s'en protéger, de « courber le dos et attendre que ça passe », elle ne demeura pas pour autant silencieuse face aux réflexions, élucubrations et critiques parfois acerbes des journalistes et des commentateurs. Quelque temps après la publication du roman, quelqu'un (qui était à l'époque une amie de ma mère) fit courir le bruit que ce n'était pas Françoise Sagan qui était l'auteur véritable de *Bonjour tristesse*, mais... elle. Il ne fallut pas longtemps à cette rumeur pour tomber dans l'oreille complaisante d'un journaliste qui, à l'occasion d'une interview, s'empressa de questionner ma mère. Par chance, elle savait qui était à l'origine de cette affabulation. Il se trouvait que cette personne était elle-même écrivain. « Cela ne me dérange pas qu'elle dise que c'est elle qui écrit mes livres tant qu'elle ne dit pas que c'est moi qui écris les siens », répondit-elle. Ce fut la première fois que l'on suspecta ma mère d'être une usurpatrice, ce ne fut pas la dernière. Très récemment encore, un écrivain français annonça sur les ondes de Radio France que Françoise Sagan n'avait pas écrit une partie de son œuvre. Pour ma part, je considère que, même si l'on ne peut nier que certains romans soient plus élancés, plus vifs et plus typiquement « saganiens » que d'autres, ces suppositions me semblent ridicules. Car à relire l'ensemble de son œuvre, on retrouve sa « patte », ses mots, son style concis, cet équilibre parfait de la phrase. C'est bien ma mère qui surgit au milieu des pages, au détour d'un paragraphe, dans chacun de ses livres.

Son sens de la répartie, aussi saillant que son esprit était vif, ne l'empêchait pas, parfois, d'éluder une question lorsqu'elle la jugeait sans intérêt ou déplacée. J'ai eu l'occasion d'assister à certaines de ses interviews au cours desquelles il suffisait qu'elle fût un tant soit peu agacée par la sottise d'une question pour qu'elle prît soudain un air distrait et ne répondît pas, ce qui installait une sorte d'étrange temps suspendu où tout le monde attendait : elle, que le journaliste posât la question suivante, et le journaliste, qui souvent n'avait pas compris, qu'elle répondît à celle en suspens. Aujourd'hui, lorsque je parle d'elle et que je l'associe au mot « interview », il est rare que la personne avec qui je me trouve ne fasse pas allusion à la célèbre fausse interview de Pierre Desproges, du *Petit Rapporteur*, en 1975. La plupart des gens sont encore sidérés par la gentillesse, la patience, la bonhomie de ma mère face à ce « journaliste » qui lui parle du tissu du vêtement qu'elle porte, de son beau-frère, de ses vacances, de tout sauf ce dont on attend qu'il l'entretienne. Au cours d'un numéro d'*Apostrophes* où elle sera invitée quelques années plus tard et où Bernard Pivot reviendra sur cette fameuse fausse interview, ma mère dira, parlant de Desproges, qu'elle avait l'impression qu'il « ne tournait pas très rond » mais que c'était avant tout un journaliste, qu'il était gentil et qu'il avait l'air très sympathique. La correction, la gentillesse et le souci de l'autre relevaient pour elle du plus élémentaire savoir-vivre ; ma mère détestait les arrogants, les gens sûrs d'eux, gratuitement méchants. Ceux qui essayaient de la mettre dans l'embarras tombaient la plupart du temps très mal. À ce petit jeu, elle gagnait toujours sans jamais s'abaisser à être méchante ni humiliante, mais en faisant preuve d'humour et de légèreté. Il était extrêmement rare qu'elle se mît vraiment en colère, et, si cela devait arriver, elle préférait se lever et partir. Elle avait horreur des scènes, des mots blessants, de la violence verbale, et de toute forme de violence en général. Elle préférait s'en aller ou, lorsqu'elle était chez elle, pousser les gens dehors précipitamment avant de s'en prendre à elle. « Je passe ma main à travers une vitre, ça saigne et je respire. » Je ne l'ai jamais vue passer la main à travers une fenêtre, mais je l'en crois capable. Si elle était exempte de marques de brûlures de cigarettes, j'avais repéré en revanche une ou deux toutes petites cicatrices sur sa main droite. Elle m'avait raconté, il y a très longtemps de cela, avoir accompli le « pacte du sang » avec certains de ses amis : chacun pratique une fine entaille à son poignet droit, puis applique l'incision contre celle de l'autre. Ce rituel signe l'amitié et la fidélité pour toujours. Si je ne la vis jamais passer la main à travers un carreau, je la surpris parfois en train de se passer longuement les poignets sous un filet d'eau glacée, geste supposé détendre les nerfs et apaiser l'esprit lorsqu'on se sent prêt à se jeter sur quelqu'un.

L'une de ses colères les plus célèbres fut celle qui la prit au tunnel de Saint-Cloud, un jour de 1963 ou de 1964. Un agent de police l'arrêta au volant de sa Jaguar Type E et lui lança, hargneux : « Vous avez bonne mine dans votre décapotable ! », et ma mère de lui répondre du tac au tac : « Et vous, vous avez bonne mine avec votre képi. – Quoi ? Qu'est-ce que vous dites ?! Vous allez répéter ça devant mon collègue. » Docile, ma mère répéta. L'affaire les mena devant les tribunaux. L'agent intenta un procès à ma mère pour outrage qu'il perdit : le juge considéra qu'il n'y avait rien d'insultant à dire de quelqu'un qu'il avait « bonne mine ». J'ai le sentiment que ma mère fut fortement marquée par ce procès. Non que l'affaire fût d'une extrême importance, mais elle était révélatrice de la bêtise à laquelle pouvait mener le manque d'humour. « Le manque d'humour, c'est une tare de l'esprit. Je n'aime pas. » Je crois que cette affaire aux conséquences disproportionnées pourrait expliquer cette antipathie qu'elle éprouvait pour les forces de l'ordre, pour les règlements et pour tout ce qui représentait un modèle établi : l'autorité, le pouvoir, la sécurité.

Elle ne tolérait pas que l'on fût insultant. Elle ne tolérait pas que l'on fût prétentieux. Elle supportait encore moins qu'on la privât de liberté, que l'on fût autoritaire avec elle, qu'on la soumît à des obligations. Par exemple, elle refusait systématiquement de mettre sa ceinture de sécurité, qu'elle ne faisait d'ailleurs pas même mine de porter, et surtout pas devant un agent de police. Elle considérait que la ceinture était dangereuse car vous risquiez de ne pouvoir vous libérer si quelque chose de grave vous arrivait ; et lorsqu'elle se faisait arrêter parce qu'elle ne la portait pas, elle expliquait ne pas vouloir être piégée dans sa voiture ; elle citait régulièrement, à l'époque, l'accident de Françoise Dorléac qui était morte brûlée vive au volant parce qu'elle n'avait pas pu détacher sa ceinture de sécurité. Tout ceci n'était pas une excuse pour enfreindre la loi, ni même une provocation, mais bien une conviction absolue. Je fus témoin de l'un de ces refus d'autorité, un soir à Deauville, à l'occasion d'un contrôle routier lors duquel elle refusa obstinément, alors que nous n'avions bu qu'un verre de vin blanc chacun et que nous n'étions pas ivres, de se soumettre à un éthylotest. Elle fit preuve d'une telle opiniâtreté face à l'insistance des trois gendarmes, prétextant des difficultés respiratoires momentanées, qu'ils finirent par nous laisser partir sans nous avoir fait souffler dans le ballon. Lorsqu'elle eut les différends que l'on sait avec la justice dans les années 1990, notamment pour ses affaires liées aux stupéfiants – qu'elle s'est toujours estimée libre de consommer parce qu'elle jugeait être en droit de faire ce qu'elle voulait d'elle-même, y compris de se détruire –, elle fut condamnée et la justice lui ordonna de s'abstenir de prendre quelque substance que ce fût. Ma mère fut mise sous contrôle légal et médical périodique et dut se soumettre chaque semaine à des prélèvements à l'Institut médico-légal, autrement dit la morgue, endroit charmant s'il en est, face à la gare d'Austerlitz. Lors de l'une de ces visites, on lui demanda de donner un de ses cheveux. À l'image de ces carottes de glace que l'on extrait de la banquise et qui révèlent les différentes périodes de glaciation de la Terre, les cheveux révèlent les produits chimiques qui ont été absorbés par l'organisme au cours des dernières semaines, ou des derniers mois, selon leur longueur. Eh bien, ma mère refusa catégoriquement de donner ce cheveu au laborantin, arguant le plus sérieusement du monde que son figaro serait furieux.

2

Avec les revenus de *Bonjour tristesse*, elle s'achète sa première voiture, une Jaguar XK120 d'occasion qu'elle a vue en vitrine chez un concessionnaire de son quartier. Son goût pour les voitures, comme celui pour les animaux, lui vient de son père. Il avait notamment acheté à un collectionneur une Graham-Paige décapotable que parfois il lui laissait conduire quand, enfant, elle demandait à s'asseoir sur ses genoux pour tenir le grand volant entre ses mains. Plus tard, elle va découvrir que les voitures sont aussi et surtout de merveilleux instruments de liberté et de plaisir avec lesquels peut naître une forme de connivence, presque comme avec un animal. Elle voue aux voitures qu'elle aime, celles qui vont vite, une sorte de respect qui n'est pas sans rappeler celui que l'on éprouve pour un cheval, évoquant « cet animal que l'on lance doucement à l'assaut de la ville et de ses rues, de la campagne et de ces routes ». Les automobiles sont des objets de plaisir qui gémissent et vous emportent, un plaisir de l'ordre du vertige, attisé par la vitesse qui grise, qui courbe la ligne du temps et permet de défier le destin. « On a beau être fou amoureux, en vain, on l'est moins à deux cents à l'heure. » Les automobiles rapides sont des complices fidèles qui ronronnent ou grondent selon votre désir, vous permettent de partir, de fuir même, lorsque l'ennui, la contrainte ou la détresse vous submergent et vous entravent. Il est des moments où la solitude, le silence lui manquent à ce point qu'elle doit s'en aller, monter dans sa voiture et filer, retrouver sa liberté. Il lui est arrivé parfois de quitter sa maison d'Équemauville alors que celle-ci était pleine d'invités, comme cette fois où elle laissa un petit mot à mon père : « Minou, je suis fatiguée, excédée, j'en ai assez de voir tout ces gens, je m'en vais deux, trois jours seule, je ne sais où. Dans Paris sans doute. Ce n'est pas grave mais nécessaire à ma bonne humeur. »

Les voitures de ces années-là, à l'image de la XK 140, de l'Aston ou de la Gordini, étaient très basses et très rapides pour leur époque. Elles étaient inconfortables, lourdes, sans direction assistée, avec des freins qui ne réagissaient pas toujours de manière instantanée et des boîtes de vitesse dures. De plus, elles ne démarraient pas toujours. Elles avaient ce côté à la fois fragile, indompté, capricieux et rustre que nos automobiles actuelles ont perdu. Une fois lancées, et pouvu qu'elles soient rapides, elles demandaient à être dominées. Il fallait faire preuve d'une grande agilité et d'une certaine force pour maintenir avec fermeté le grand volant pour tenir le cap, manier le levier de vitesse et jouer avec le pédalier si vous ne vouliez pas que la voiture vous échappe et vous jette contre un talus ou droit dans un virage. « De même qu'elle rejoint le jeu, le hasard, la vitesse rejoint le bonheur de vivre et, par conséquent, le confus espoir de mourir. » Ma mère portait une attention presque maternelle à ses voitures. Elle vérifiait le niveau d'huile, le niveau d'eau, elle était attentive aux moindres bruits dans le moteur. Elle les apprivoisait, traitait chacune avec douceur, attendant toujours que le moteur soit suffisamment chaud pour accélérer et laisser libre cours à son goût de la vitesse. Ces voitures construites durant les années 1960 avaient un caractère propre. Ainsi la petite Ferrari California – à laquelle je consacre un long paragraphe dans le chapitre sur mon père – refusait obstinément de démarrer lorsque le temps était trop humide et l'on mettait cela sur le compte de sa « mauvaise humeur ». De même, lorsque la Mini Austin s'arrêtait brusquement dans l'allée d'Équemauville, ce qui arriva un nombre étonnant de fois, nous disions qu'elle détestait la campagne… Ma mère a possédé beaucoup de voitures au cours de sa vie, des plus folles et des plus extravagantes, comme la Gordini 24S, une véritable voiture de circuit qu'elle acheta en 1956 à Amédée Gordini pour un prix correspondant au montant de la dette qu'il avait accumulée avec son écurie de course – et dont elle se sépara à la fin de cette même année pour acquérir l'Aston Martin DB2/4 avec laquelle elle aura son terrible accident de Milly-la-Forêt –, aux plus sages et plus actuelles comme la Honda Civic qui fut la dernière automobile qu'elle conduisit. Mes premiers souvenirs de voiture remontent à l'époque – je dois avoir trois ans – de la Jaguar Type E décapotable. Cette odeur si particulière me bouleverse toujours, celle d'essence, d'huile et du cuir Connolly chauffé au soleil. Ce n'est que plus tard, vers dix ou onze ans, à l'âge où l'on commence à percevoir le danger, que j'ai pris conscience de la vitesse. Je me souviens de la Maserati Mistral, je me rappelle avoir ressenti le grondement suffisamment fort du gros moteur à l'avant pour qu'il couvre presque complètement, le temps que ma mère change de rapport, la voix de Montserrat Caballé dans *La Traviata*. Il y avait un lecteur Voxson huit pistes dans la voiture, dans lequel on engouffrait de grosses cartouches qui avaient la particularité d'être sans fin – revenant automatiquement au début une fois terminée – et de posséder une qualité de son formidable. À l'époque, on parlait de la « stéréomagie » de Voxson. C'est dans cette Maserati que ma mère se fit apostropher par un manifestant, place de l'Odéon, un jour de mai 1968 : « Alors, camarade Sagan, on est venue en Ferrari ? », et ma mère de lui répondre : « Ce n'est pas une Ferrari, camarade, c'est une Maserati. »

Un après-midi que nous étions en Normandie, ma mère a conduit son amie allemande Elke au train, à Deauville. À notre arrivée à la gare, le train venait de quitter le quai. Elke devait absolument être à Paris le soir même. Alors ma mère s'est lancée à la poursuite du train. Elle arrivait toujours au passage à niveau au moment où les barrières s'abaissaient et reperdait toute l'avance qu'elle était parvenue à prendre. Elke est finalement montée dans son train à Lisieux, et je crois qu'elle a même eu le temps d'acheter un journal à la gare.

Jamais je n'ai eu peur en voiture avec ma mère. Je n'ai pas de souvenirs de risques inconsidérés, de dépassements imprudents, de conduites par à-coups. Elle considérait qu'un bon conducteur devait adopter une allure rapide et fluide, une allure qui fait oublier aux passagers que l'on va vite ; elle citait d'ailleurs en exemple les ambulanciers, tenus de sauver mais non de bousculer leurs passagers.

Début 1957, elle s'engage avec son frère, Jacques, à participer à la course des *Mille Miglia* l'année suivante. Cette compétition automobile, considérée comme l'une des plus dangereuses de son temps, dessine une longue boucle de plus de mille six cents kilomètres, de Brescia à Rome et retour, avec la particularité de faire courir des voitures très puissantes, à l'image de celles qui courent au Mans, sur des routes totalement ouvertes. Attirée par le risque et séduite par le caractère particulier de la course, elle rencontre Enzo Ferrari, dont elle gardera le souvenir d'un homme affable et réfléchi, et essaie un prototype sur le circuit privé de l'usine. Mais, funeste concours de circonstances, à la mi-mai 1957, quelques semaines seulement après son accident de Milly-la-Forêt avec son Aston Martin, une tragédie va mettre un terme à son projet. Le marquis Alfonso de Portago, dit « Fon de Portago », play-boy de l'aristocratie espagnole et pilote officiel de Ferrari, se tue au côté d'Edmund Nelson, son copilote, au volant d'une 315 S. L'accident, qui provoquera la mort de neuf personnes et fera de nombreux blessés dont des enfants, portera un coup d'arrêt définitif à la compétition.

3

Nous avons en somme assez peu parlé de l'accident de voiture parce que ce dernier a été suffisamment tragique, suffisamment bouleversant, pour changer sa vie de manière définitive. Lors d'une interview qu'elle donne dans les années 1980 et au cours de laquelle le journaliste lui demande si elle a des regrets, elle cite son accident comme le premier d'entre eux. Cet accident est venu interrompre brutalement une existence insouciante et heureuse, lui retirant les nombreux cadeaux qu'elle lui avait offerts jusqu'alors. Il était bien naturel qu'à cet âge ma mère se crût invincible. Elle avait la jeunesse, l'intelligence, le talent, la gloire et une chance presque insolente qui, jusqu'à ce jour du 15 avril 1957, ne l'avait jamais quittée, à l'image d'une sœur siamoise. Elle qui se sentait invulnérable s'est soudain retrouvée, comme elle le dit, « en mille morceaux », avec le crâne ouvert, l'omoplate, les côtes, les deux poignets et le bassin cassés, les vertèbres déplacées et de multiples blessures plus ou moins graves dont un ligament sectionné dans le pied droit qui lui interdira à jamais de courir, de monter à cheval, de jouer au tennis plus d'une heure d'affilée.

Lorsqu'elle sort du coma dans sa chambre d'hôpital, elle a tout oublié. Elle pense que c'est cette appendicite mal opérée qui a donné lieu à une intervention d'urgence. Elle n'a plus d'images de l'accident mais se souvient d'avoir senti la voiture se mettre soudain à « flotter » – le rebord de la chaussée venait d'être recouvert de gravillons – et sachant que dans ce genre de situation il ne faut jamais freiner, elle cherche à rétrograder, ne trouve pas de rapport inférieur et, par malheur, engage le sélecteur dans la marche arrière ; ce geste provoque un retour si brutal du levier de vitesse dans sa main qu'il lui brise instantanément le poignet et, sous la fulgurance de la douleur, lui fait perdre connaissance. La voiture, déjà déséquilibrée et désormais privée de pilote, glisse dans le fossé sur une trentaine de mètres avant de faire plusieurs tonneaux. Véronique Campion, Bernard Frank et Voldemar Lestienne, rapidement éjectés de la voiture, se retrouvent dans un champ, complètement déboussolés et choqués, avec des fractures – la clavicule pour Bernard et le coude pour Voldemar –, des contusions plus ou moins graves et quelques bosses. Mais ma mère, elle, de manière assez incompréhensible puisqu'elle n'a pas attaché sa ceinture, reste prisonnière des mille huit cents kilos de la DB2/4 qui finit, après une ultime ruade, par se retourner sur elle.

On parvient à l'extraire du dessous de la voiture alors que celle-ci pèse de tout son poids sur son bassin. Son état est jugé si sérieux qu'on ose à peine la déplacer. Elle est conduite à l'hôpital de Corbeil, à vingt-cinq kilomètres de là. On prévient son frère Jacques, qui accourt, sa sœur et ses parents. L'hôpital fait appeler un prêtre qui lui donne la première – mais pas la dernière – extrême-onction de sa vie. Lorsque

Jacques Quoirez arrive à son chevet, il pressent que cet hôpital ne dispose peut-être pas des équipements nécessaires pour sauver sa sœur. Il refuse d'emblée le sombre diagnostic du médecin, l'idée de Françoise morte lui est inacceptable. Il prend alors le téléphone et appelle toutes ses relations, remue ciel et terre, exige que sa sœur soit rapatriée et hospitalisée à Paris sur-le-champ et obtient une ambulance qui va faire le trajet escortée de deux motards de la police nationale. Ces motards – qui seront exemplaires – vont grandement accélérer le retour de ma mère vers la capitale. Quand elle est prise en charge par l'équipe médicale de la clinique Maillot de Neuilly, elle est à deux doigts de la mort. Les craintes de son frère étaient justifiées. En prenant tous les risques pour relier Corbeil à Paris en un temps jugé indécent pour l'époque, les deux motards lui ont sauvé la vie.

Ma mère s'est gardée de me rapporter cette anecdote des policiers à moto, qui ne m'a été racontée que bien plus tard, par des tiers unanimes : la chance et ces motards l'avaient sauvée *in extremis*. L'opinion de ma mère à l'égard de la police n'était pas toujours très engageante ni plaisante, et l'on pourrait trouver cela bien injuste ; mais j'imagine que l'épisode du tunnel de Saint-Cloud, qui va se produire six ou sept ans plus tard, peut expliquer cette animosité envers les représentants de la loi. Je comprends mieux maintenant l'effroi suscité chez elle par ce que je répondais, à l'âge de cinq ou sept ans, lorsqu'on me demandait ce que je voudrais faire plus tard. À ce moment-là de ma courte vie, doublement fasciné par le bruit des gros moteurs *flat-twin* BMW et par l'effet presque magique des sirènes double tonalité sur la circulation automobile, je voulais justement devenir motard de la police nationale. Je compris cependant assez vite que mes projets d'avenir la désespéraient, car chaque fois que l'on me posait la question : « Que veux-tu faire plus tard ? » et que je réitérais mon souhait, elle attendait que nous nous retrouvions tous les deux seuls et, de la manière la plus sérieuse qui soit, me reprenait : « Denis, tu peux envisager toutes les formes de métiers que tu veux, mais jamais tu ne seras policier, c'est totalement exclu ! » Ces mises en garde répétées revêtaient une solennité particulière, ma mère semblant empreinte d'une gravité qui ne lui était pas coutumière ; je sentais que cela lui tenait à cœur et comme je voulais avant tout lui faire plaisir et, surtout, ne plus la décevoir, je finis par renoncer définitivement à ce projet.

À l'hôpital où elle est soignée pour ses multiples blessures, elle endure des souffrances terribles. Les poussées de douleur sont si violentes que l'équipe médicale, qui doit vouloir tout tenter pour apaiser cette enfant miraculée, lui administre un nouveau morphinique appelé « R 875 », ou Palfium, qui se distingue comme un antidouleur cinq fois plus puissant que la morphine. Ce produit nouveau, qui a été synthétisé en 1950 par le professeur belge Paul Janssen et vient tout juste d'être autorisé, se montre un analgésique aussi efficace qu'il se révélera désastreux par la suite. Après presque deux mois d'un traitement quotidien, le « R 875 » va conduire ma mère à une addiction si grave qu'elle en sera marquée pour le reste de sa vie.

À peine a-t-elle quitté la clinique de Neuilly qu'elle doit entrer à l'hôpital de Garches pour un sevrage de

Palfium. Elle va devoir tenter de se débarrasser de ce produit en diminuant les doses un peu plus chaque jour. « Ce long combat, fatigant, nauséeux, m'a permis d'acquérir une certaine estime de moi – ce qui ne m'était jamais arrivé non plus. » C'est au cours de cette cure qu'elle entreprend l'écriture de son journal qui, sept années plus tard, sera édité chez Julliard sous le titre *Toxique*. L'écriture de ce texte a davantage constitué, me semble-t-il connaissant sa pudeur et sa discrétion, un moyen de se rassurer, d'éprouver ce qu'elle pensait lui rester de lucidité, d'éloigner les démons de la folie qu'elle devait deviner la guetter derrière chaque porte de cet hôpital, qu'un projet qu'elle prévoyait de confier à son éditeur sitôt sa cure terminée. Elle dit d'ailleurs son détachement pour ce qu'elle est en train d'écrire : « Il faudrait bien que j'écrive cette nouvelle au lieu de me livrer à ce petit marivaudage avec moi-même[1]. » C'est le hasard, un hasard guidé par la volonté de René Julliard, qui a fait tomber ce texte entre les mains de Bernard Buffet, ami proche de l'éditeur, et conduit au livre sous la forme d'une collaboration. *Toxique*, qui fut édité à quatre mille exemplaires en 1964, connut une publication discrète, pour ne pas dire confidentielle.

Nous n'avons donc jamais entamé de conversation sérieuse sur les stupéfiants puisqu'il nous apparaissait que celle-ci serait inutile. Elle savait évidemment que j'étais au fait de sa dépendance ; qu'y avait-il à dire ? Et puis une dépendance me semblait être somme toute une chose assez terrible et assez simple. Il fallait qu'elle vive avec, qu'elle se la « coltine », comme si

1. Françoise Sagan, *Toxique*, Julliard, 1964 ; Stock, 2009.

elle y avait été attachée par un fil. En tentant de s'en éloigner, elle souffrait au-delà du martyre ; en s'en approchant trop, cela pouvait la conduire en enfer et à la mort. Il n'y avait donc plus rien à apprendre à son sujet qui fût essentiel, rien en tout cas qui ne fût déplaisant ou désagréable à entendre.

À des moments que je serais aujourd'hui bien incapable de situer, lorsque ma mère était malade, qu'elle était assiégée intérieurement, qu'elle était si malheureuse, au point parfois de nous envoyer tous promener et d'exiger la venue immédiate d'un médecin – parce qu'elle savait qu'au terme de ses atermoiements il finirait par lui faire une piqûre pour la calmer –, j'ai voulu comprendre les raisons de ses douleurs, de ce calvaire pour lesquelles son extraordinaire force et son intelligence devenaient tout à coup si malhabiles. Comprendre cette relation intime et infernale avec ces substances. Comprendre pourquoi ce qu'elle avait de plus cher, sa liberté, avait pu être sacrifié si longtemps à petit feu sur l'autel de ces flacons. Qu'avait-elle connu de si particulier, de si différent des autres malades soignés avec de la morphine, pour qu'elle en devienne une victime soumise et captive ? Avait-on voulu, du fait de sa célébrité, de sa gloire – et de son état général –, lui épargner plus qu'aux autres ces douleurs en lui administrant le R 875 de manière excessive ? Le médecin avait-il eu la main trop lourde avec ce nouveau médicament ? La question m'a longtemps occupé l'esprit avant qu'une explication, je devrais dire un morceau d'explication, me soit apportée par un professeur en médecine et toxicologue. Notre organisme active son propre système de défense contre la douleur par deux glandes, l'hypophyse et l'hypothalamus, situées à deux emplacements du crâne, qui sécrètent une substance chimique, l'endorphine. Les endorphines participent à l'analgésie physiologique, c'est-à-dire au système naturel destiné à lutter contre d'éventuelles douleurs apparaissant à l'intérieur de notre organisme. Elles agissent, tout comme la morphine, en se fixant par exemple sur les articulations, sur les membres lors d'un effort ; elles empêchent que nous criions lorsque nous levons la jambe ou plions un doigt. Pour associer très prosaïquement les endorphines à une image, on pourrait les assimiler à une huile de coude naturelle. Lorsque nous sommes confrontés à une douleur continue, très intense, et que cette substance chimique ne parvient plus à tenir son rôle, il arrive que nous ayons recours à son substitut chimique, beaucoup plus puissant, la morphine. Or, l'organisme humain est ainsi fait que cette substitution se fait *in profundis* et que, à partir du moment où nous laissons la morphine pénétrer dans notre organisme, celle-ci prend la place de l'endorphine tandis que cette dernière, devenue inutile, plonge dans une sorte de léthargie. Au moment où nous arrêtons la morphine, notre corps se voit ainsi brusquement privé d'antidouleur et nous souffrons le martyre.

Outre ses conséquences médicales et physiologiques, son accident va révéler à ma mère, de la manière la plus brutale qui soit, que la chance peut être une amie volage. Elle découvre à ses dépens qu'elle est faite de chair, d'os et de sang. Tout aussi brutalement, elle apprend la peur. La peur de ne plus pouvoir marcher, la peur d'être handicapée, la peur de se retrouver seule, isolée. Cette collusion entre douleur physique et solitude – la première induisant la seconde – était son pire cauchemar. Elle ne me l'a jamais dit, mais elle avouera plus tard à un journaliste, lors d'un entretien, que si elle avait dû passer le restant de sa vie dans un fauteuil roulant elle aurait probablement mis fin à ses jours. Et de citer la phrase de Chamfort : « Mon Dieu, délivrez-moi des peines physiques, les peines morales je m'en charge. »

4

C'est par le biais de son amie Hélène Lazareff, la fondatrice de *Elle*, que ma mère devient, l'année même de la sortie de son premier roman, reporter pour le célèbre magazine féminin. L'idée est de réaliser des reportages dans les plus belles villes d'Europe et d'Amérique du Nord, intitulant chacun d'eux du nom de la ville en question précédé du désormais célèbre « Bonjour » – « Bonjour Naples », « Bonjour Venise »… À l'automne 1954, ma mère part pour l'Italie. À Naples, Capri et Venise, elle tient des petits carnets de voyage. Elle redécouvre la ville des canaux : « Venise est très belle, peut-être trop : on y étouffe ; il est très difficile de parler du charme caché de Venise car elle porte tous ses charmes à fleur de peau. » Naples : « Les rues sont jaunes, débordantes, les ânes, les enfants, les tramways en sont les rois. » Puis, en 1956, toujours pour le journal *Elle*, elle retourne à New York, voyage au cours duquel elle accompagne un ami qui réalise un reportage sur le barrage Hoover dans le Nevada. Je ne sais pas si ce fut la proximité de Las Vegas, mais elle me rapporta qu'ils s'amusèrent tellement et trouvèrent le barrage si ennuyeux que le reportage ne fut jamais achevé. C'est, me semble-t-il, de retour de ce séjour qu'elle tentera de revoir

Billie Holiday sur scène, à Harlem. Elle apprend alors avec stupeur que la chanteuse est temporairement *persona non grata* dans l'État de New York pour une affaire de stupéfiants. Billie Holiday se produit à deux heures de voiture de là, dans un cabaret de Wallingford, dans le Connecticut. Ma mère et elle se retrouveront à Paris en 1958, à l'occasion d'une tournée que la chanteuse, très diminuée par la drogue et l'alcool, a beaucoup de mal à assurer. Sa voix rauque est encore belle, presque aussi poignante que lors de sa première apparition à Harlem. Ce jour-là, elle lui annoncera elle-même sa mort prochaine « à New York, entre deux policiers ». Elle décédera l'année suivante, à New York, dans une chambre d'hôpital gardée par deux policiers. La voix de Billie Holiday, qui l'avait tant marquée la première fois à Harlem, ne quittera plus ma mère.

En dehors de ces voyages pour *Elle*, ma mère se rendra à Bethléem, au Liban et même en Irak – elle me fit un jour une description abominable de Bagdad – pour rédiger des chroniques. Cependant, je n'ai jamais entendu parler ni lu de « Bonjour Beyrouth » ni de « Bonjour Bagdad ». Les reportages ont-ils seulement été publiés ?

Avec ou sans le concours d'Hélène Lazareff, ma mère a découvert les rivages les plus éloignés de la Méditerranée. Son goût pour le soleil, la mer et le calme l'ont aussi conduite au bord d'une Méditerranée plus proche, vers Saint-Tropez. Ce qui n'est alors qu'un petit port de pêcheurs va se révéler si charmant, si sauvage, si vide, si exquis, qu'elle y reviendra aussi souvent que possible. En 1956, il n'existait sur le port qu'un seul magasin de vêtements, deux ou trois cafés, L'Esquinade où l'on pouvait danser, l'Épi-Plage où l'on venait déjeuner ou paresser au soleil, et l'hôtel de la Ponche. Saint-Tropez était pour quelque temps encore un peu tranquille malgré l'arrivée d'une horde de journalistes attirés par le tournage du film de Roger Vadim et qui tentèrent de transformer le petit village en une nouvelle Babylone-sur-Mer. On dit que *Et Dieu créa la femme*, Françoise Sagan, Brigitte Bardot et Roger Vadim firent venir les foules à Saint-Tropez. J'imagine pourtant mal ma mère invitant un monde fou dans sa retraite si paisible. Elle aimait Saint-Tropez précisément parce qu'elle y retrouvait le calme. « Après Paris et ses ouragans, quel soulagement de retomber dans cette petite ville si tranquille où l'inattendu est impossible ! Angoulême au bord de l'eau. » Elle en aime les ruelles tortueuses, le soleil, cet air si léger et cette atmosphère de paix, comme détachée du reste du monde. C'est Saint-Tropez qu'elle choisira pour sa convalescence à la fin de l'été 1957, afin de se remettre de son accident de voiture et, j'imagine, d'oublier cette atmosphère des cliniques où elle est restée enfermée de si longues semaines.

L'année suivante, en mars 1958, elle épouse Guy Schoeller, que je n'ai pratiquement jamais croisé. Il demeure toujours, vingt-cinq ans après, « Guy, un homme charmant, séduisant, bien élevé ». Je n'en obtiendrai jamais davantage. Elle se garde bien de me dévoiler l'autre visage de son premier mari, beaucoup moins gracieux, fidèle en cela à son principe de ne jamais dire du mal d'un autre. Je dois avouer que le mariage de ma mère avec Guy Schoeller a toujours revêtu pour moi un caractère étrange, voire incompréhensible. Guy avait vingt ans de plus qu'elle. S'il semblait posé et sérieux, c'était un séducteur et un coureur. Les hommes que fréquentait ma mère étaient le plus souvent des hommes de son âge. Insouciants, originaux, audacieux, gais de nature, ils se montraient toujours attentionnés et protecteurs. Du peu que je sache, Guy Schoeller n'avait rien de commun avec les quelques galopins que je voyais parfois avec elle. Schoeller n'est pas le seul homme que ma mère ait aimé – puisqu'elle aima mon père et resta sa « maîtresse » pendant plus de douze ans après leur divorce –, mais il est sans doute le seul qui la traita avec cette distance, ce léger dédain. Guy fut le seul homme qui la fit souffrir. Il était de notoriété qu'il pouvait être cruel avec les femmes. D'ailleurs, il lui arrivait d'inviter à dîner deux de ses maîtresses à la même table. Par plaisir ? Mais ce qui fit le plus de mal à ma mère fut sans doute son manque de sincérité. Cette fois-là comme souvent, elle avait accordé sa confiance à une personne qui allait la décevoir.

Certains prétendent que l'accident de voiture au printemps 1957 et le mariage raté avec Guy Schoeller l'année suivante furent les deux premiers grands revers de sa vie. Pourtant, si elle m'a souvent exprimé ses regrets concernant son accident, jamais je ne l'ai entendue se plaindre de son premier mari.

5

À la fin des années 1950, ma mère est très proche de Paola Sanjust Di Teulada, qui deviendra plus tard ma marraine et la femme de Charles de Rohan-Chabot, et qui présentera mes parents l'un à l'autre. On dit que ma mère et Paola se ressemblent, tant elles ont de choses en commun. Paola a de grandes qualités de cœur. Je ne connais d'elle que bienveillance, générosité, humanité, intérêt pour l'autre et vivacité d'esprit. Toutes deux partagent la même gentillesse, sont dépensières, ont les mêmes goûts, aiment s'amuser. C'est Paola qui, un jour à Saint-Tropez, pressentant probablement chez ma mère un besoin de changement, lui propose de louer une maison ailleurs que dans le Midi et évoque la Normandie. Vantant les mérites d'un lieu tranquille loin de la foule et des journalistes, un endroit plus vert où il fait souvent beaucoup plus beau qu'on le prétend, elle parvient à vaincre les dernières réticences de son amie vis-à-vis de cette région où elle n'a jamais mis les pieds. Au mois de juillet 1959, ma mère loue le manoir du Breuil à Équemauville, une longue bâtisse étroite et un peu délabrée, posée sur une colline au milieu de huit hectares de prairies où paissent quelques vaches. La maison est entourée du bois du Breuil, qui délimite la bordure la plus à l'ouest de la propriété. Lorsqu'on s'aventure de quelques centaines de mètres dans ce bois, on se retrouve face à une trouée dans les arbres et de là on découvre, en vue plongeante, l'estuaire de la Seine, le port du Havre et, plus loin encore, quand le temps est assez clair, les premiers reliefs de la Côte d'Albâtre. Un vieux dicton dit que si on voit Le Havre depuis notre rive, il va pleuvoir, et si on ne le voit pas, c'est qu'il pleut déjà. La maison est cachée dans les bois, mais elle n'est qu'à quelques kilomètres de Deauville, de sa plage – où ma mère ne se rend jamais – et de son casino, qu'elle trouve plus attirant que cette mer souvent grise et après laquelle il faut parfois courir des kilomètres pour y tremper un pied. Elle cite volontiers la phrase de Tristan Bernard : « J'adore Trouville parce que c'est très loin de la mer et tout près de Paris. » Au cours de ce mois de juillet 1959, les prédictions de Paola se révèlent aussi justes que la réputation de la Normandie s'avère fausse. La campagne est verte et paisible, et le ciel d'un bleu pur du matin jusqu'au soir. En ce début d'été 1959, il ne pleut pas ou presque, comme le confirme cette archive de Météo France : « Juillet a été exceptionnellement sec, chaud et ensoleillé dans tout le pays ; mais c'est seulement la moitié septentrionale et plus particulièrement le Nord, la Normandie et la région parisienne qui ont été affectés par la sécheresse d'avril à octobre. » J'imagine que ma mère est séduite par le climat – qui ressemble finalement à celui du Sud –, par la tranquillité, les grands hêtres de l'allée – bien plus hauts que les pins de la Côte d'Azur –, qui paraissent faire une haie d'honneur à son arrivée et dont les longues branches se balancent nonchalamment au rythme du vent. Elle loue le manoir pour un mois, du 8 juillet au 8 août et, bien que ce mois de juillet soit exceptionnel, je soupçonne ma mère de ne pas voir les grandes prairies ni les cerisiers lourds de fruits, ni même d'entendre le chant des oiseaux. Accompagnée de ses acolytes, Bernard Frank et Jacques Chazot, elle passe la plupart de ses nuits au casino de Deauville, entre la table du chemin de fer et celle de la roulette, les deux jeux qui suscitent chez elle le plus d'excitation. Le 7 août, veille de son départ, elle retourne une dernière fois – croit-elle – dans la salle des jeux. La roulette, cette nuit-là, lui fait fête. Elle privilégie ses chiffres favoris, le 3, le 8 et le 11, tant et si bien que ma mère joue, rejoue et rejoue encore, ne quittant la table qu'à l'aube au moment de la fermeture. Elle gagne cette nuit d'août la somme de quatre-vingt mille francs de l'époque (ce qui correspondrait, de nos jours, à plus de deux cent mille euros). Elle rentre un peu fatiguée, mais sûrement satisfaite : il est huit heures du matin, le propriétaire du manoir l'attend sur le perron pour faire l'inventaire. Avant de régler le solde de la location, elle doit encore compter les cuillères, les couteaux, les verres, faire l'état des lieux puis ses bagages, et partir. Ma mère doit penser qu'il est bien cruel de se livrer à ce décompte fastidieux de si bonne heure plutôt que d'aller dormir. Elle doit aussi se dire qu'il est triste d'abandonner ce beau manoir qui lui a fait don de tant de grâces. Elle demande au propriétaire si, par chance, la maison ne serait pas à vendre. Il répond que si. Elle demande combien en veut-il ? Quatre-vingt mille francs. Elle sort ses gains de son sac et les tend à l'homme un peu éberlué. À compter de ce jour, ce manoir est le seul bien que ma mère possédera jamais. Cette jolie histoire est devenue une légende, une vraie légende, peut-être la plus incroyable de toutes. Nous étions le 8 août, il était 8 heures du matin, ma mère avait gagné en jouant de manière consécutive sur le 8 et acheté sa maison de Normandie pour la somme de 80 000 francs.

Après quoi, soulagée de ne pas avoir à faire l'inventaire, elle put enfin aller dormir.

Elle revint l'été suivant, accompagnée de son frère et d'amis, et elle retourna au casino, mais c'en fut fini des promesses ensoleillées de Paola : la pluie battante ne quitta plus le pays de tout le mois de juillet et tout le mois d'août 1960.

6

Je garde de la maison d'Équemauville l'image d'un sanctuaire paisible et gai qui se remplissait de l'esprit de ses visiteurs ; j'ai l'impression que chacun y laissait une petite partie de lui-même, ma mère, mon père, mon parrain Jacques Chazot, Bernard Frank, mon oncle, les amis si nombreux qui y ont défilé. Elle ne manquait jamais de nous le rendre sous sa forme la plus subtile. La maison veillait sur nous. Elle se montrait le plus souvent bienveillante, attentive et ouverte à tous ; elle s'assurait que nous soyons toujours à l'abri de la pluie, du vent, du froid, de la chaleur et de nous-mêmes, parfois, de nos excès. C'est un havre où je n'ai jamais vu de dispute, ni de colère éclater ; je n'y ai jamais entendu de propos désobligeants y être lancés. J'y ai passé mes vacances depuis l'âge de trois ans jusque très tard, lorsque nous dûmes nous en séparer, à la fin des années 1990. J'y ai connu les sentiments de tranquillité et de plénitude absolue que l'on éprouve à cinq, six ou dix ans. Cette maison garde pour moi la douceur de la maison d'enfance. Avec Seuzac, dans le Lot, elle est de toutes les images qui remplissent mon passé et des souvenirs qui m'ont construit. C'est à Équemauville que j'ai appris à reconnaître ce bruit particulier du vent dans les hêtres, le soir, et qui voulait dire que le temps allait changer.

Ma mère partageait ce même attachement profond à la maison. Chaque été elle y retrouvait les senteurs de l'herbe coupée et celles du chèvrefeuille qu'elle avait fait planter au bout de la maison, non loin de sa chambre. Parfois, après le déjeuner, elle allait se garer avec sa voiture dans l'allée sous les hêtres, faisait coulisser le toit ouvrant, renversait sa tête en arrière sur l'épais dossier de son siège et regardait les éclats du soleil dans les feuilles, le mouvement des branches. Souvent, elle glissait l'une de ces grosses cartouches huit pistes – ces cartouches de musique que l'on appelait les « huit pistes » et qui ont disparu de nos jours – dans le lecteur de la Mercedes et écoutait *La Bohème*, *La Traviata* ou un concerto de Mozart, et elle demeurait là, dans un complet abandon.

Cette demeure, ma mère et moi en connaissions chaque recoin, chaque parfum, chaque grincement de plancher et chaque bruit. Lorsque, en été, la fin de l'après-midi approchait et que le soleil commençait à descendre, je savais de quelle manière la lumière viendrait se poser sur les rideaux, sur la chaise près de la commode de la chambre de Bernard Frank, que l'on appelait « la chambre verte », et dont les fenêtres donnaient à l'ouest. Comme souvent dans les maisons de campagne, chaque chambre était associée à une couleur. Au premier étage, outre la chambre de Bernard, il y avait « la chambre des enfants », qui fut la mienne jusqu'à l'adolescence, et « la chambre rose », la plus lumineuse, seule de la maison qui possédât trois fenêtres, mais aussi la plus fraîche parce que ces ouvertures donnaient à la fois sur le nord et sur l'est ; elle était souvent occupée par Isabelle Held, l'assistante de ma mère, lorsqu'elle venait pour de longs séjours de travail. À l'opposé de « la chambre rose », un long couloir qui craquait menait à l'unique salle d'eau de l'étage. Seul endroit où l'on pouvait faire sa toilette lorsque ma mère acquit la maison, elle abritait une très grande baignoire de fonte aux bords arrondis qui devait dater, comme la maison, des années 1880.

Venait ensuite le second étage qui comptait deux vastes chambres dont les fenêtres donnaient de chaque côté du manoir. La première s'ouvrait au sud-est, vers l'entrée de la maison, sur la grande allée de hêtres bicentenaires et que ma mère avait baptisée « Allée Marie » pour dire son affection à Marie Bell qui vouait une sorte de culte à ce lieu. Ma mère avait fait fabriquer de grands écriteaux de bois « ALLÉE MARIE », peints à la manière des plaques de rues parisiennes, que nous avions accrochés un jour de part et d'autre de l'allée juste avant l'arrivée de Marie pour lui en faire la surprise. Et nous avions si bien fixé ces grands écriteaux qu'ils restèrent longtemps dans l'allée, bien après la dernière visite de Marie Bell.

La seconde chambre regardait au nord-ouest, vers le grand pré qui dessinait un large demi-cercle et dont le contour, avec ses gros massifs de rhododendrons, souvent un peu sombre, délimitait le bois du Breuil. La première de ces deux chambres, à droite tout en haut de l'escalier, était la « chambre à deux lits » – bien qu'en réalité elle n'en possédât qu'un. C'était celle qu'occupaient mes parents lorsque j'étais enfant. À la fois claire, spacieuse et chaleureuse, elle a longtemps gardé après leur départ – ma mère ayant finalement choisi de s'installer au rez-de-chaussée alors que mon père avait juste traversé le palier – ce parfum singulier mêlant le leur à celui du bois ciré. Cette pièce avait le privilège de posséder une grande salle de bains, une vaste penderie et une petite terrasse qui servait de solarium et depuis laquelle on dominait, jusqu'assez loin, les prés et l'orée du bois au sud-ouest. De l'autre côté de l'escalier, là où emménagerait plus tard mon père, il y avait la « chambre Napoléon », sans doute nommée ainsi en raison de la couleur rouge du sol – à moins que ce fût celle du couvre-lit – qui rappelait l'Empire. Quoique sensiblement moins grande que la précédente, elle possédait un large lit de bois sculpté dont les deux extrémités étaient ornées de petites statues représentant un lapin et un écureuil. Dotée d'une annexe avant sa salle de bains, elle était le plus souvent occupée par Jacques Quoirez, le frère de ma mère, lorsqu'il venait accompagné de ses fiancées.

Au rez-de-chaussée, où s'installerait ma mère, l'unique chambre donnait sur un bureau. Elle appréciait de disposer d'un endroit où travailler la nuit. Surtout, elle aimait s'allonger pour lire sur son lit dans la journée en laissant entrer l'air, la lumière et les senteurs du jardin par les deux grandes portes-fenêtres. Elle aimait aussi cette pièce parce qu'elle lui permettait de s'isoler et de sentir notre présence toute proche dans le petit salon ; il lui suffisait de se lever et de traverser une bibliothèque – là où je découvris pour la première fois un exemplaire de *Toxique* enfoui sous une pile de magazines – pour nous rejoindre si elle nous avait entendus rire ou avait envie de « parlicoter ».

Le petit salon était le cœur de la maison. Il était la seule pièce du manoir où nous nous retrouvions tous pour jouer aux cartes, écouter de la musique sur le vieux pick-up, regarder un match de rugby, dîner en petit nombre ou, l'hiver, nous réfugier autour de la cheminée. Jusqu'à mes douze ou treize ans, il y avait, dans un coin de cette pièce, accolé à la cheminée, un imposant meuble de bois verni, très années 1950, qui laissait voir, lorsqu'on en ouvrait le battant supérieur, un tourne-disque, une radio et un compartiment à disques. Le tourne-disque permettait d'écouter plusieurs trente-trois tours à la suite sans qu'on ait besoin de se lever pour aller en changer. Les disques étaient empilés en haut d'un axe vertical et tombaient délicatement sur le plateau tournant une fois que le saphir avait atteint le dernier sillon du vinyle. Les disques de la maison, comme ceux de Paris d'ailleurs, étaient mis à rude épreuve, finissant le plus souvent leur nuit – quand ce n'était pas leur vie – hors de leur pochette, entassés pêle-mêle. Ces bons vieux vinyles étaient finalement bien plus résistants aux chocs et aux rayures que nos CD actuels, car même s'il arriva qu'ils « grattent » un peu par endroits, il était très rare qu'ils sautent ou se figent comme le font leurs héritiers au premier accroc. Parfois, lorsque je descendais le matin et que toute la maison dormait encore, je trouvais ces piles de disques de hauteurs différentes à même le sol, au pied du pick-up. Il arrivait que, le soir précédent, je mette du temps à m'endormir ou que je fusse réveillé par un mauvais rêve et que, par la cage d'escalier, la musique, pour peu qu'elle fût un peu forte, parvienne jusque dans ma chambre au premier étage. Le lendemain, quand certains de ces airs m'avaient enthousiasmé, je m'armais de courage et de patience et repassais méthodiquement sur le vieux pick-up, un à un, chacun de ces disques afin de retrouver les morceaux qui m'avaient plu. Ce n'était pas toujours facile, la nuit ayant un peu effacé ces mélodies de ma mémoire et je devais compter sur elles pour se rappeler à moi. En levant le petit saphir et en le reposant un nombre infini de fois, je passais au crible de mes souvenirs Dinah Washington, Fats Waller, Ella Fitzgerald, Michel Legrand, Peggy Lee, Billie Holiday, Frank Sinatra, Sarah Vaughan, Shirley Bassey, Ray Charles, Stan Getz, João Gilberto, Lalo Schifrin, Miles Davis, Dee Dee Bridgewater et beaucoup d'autres dont je ne me souviens plus. J'ai gardé de mes parents et de leurs amis ce goût pour la musique. Je leur dois probablement une prédilection pour le jazz qui ne m'a plus quitté. Depuis, j'ai retrouvé par hasard, et racheté, un grand nombre de ces albums. Quarante ans après, le pouvoir que certains exercent sur moi ne semble pas avoir fléchi. Lorsque j'écoute *Agua de beber* de Astrud Gilberto ou *Is That All There Is?* de Peggy Lee l'image du petit salon et l'odeur de la petite commode rejaillissent dans ma mémoire.

Derrière le petit bureau, il y avait une vaste pièce que nous appelions « la salle de jeu » et qui devint plus tard « le grand salon ». Lorsque ma mère acquit la maison en 1959, cette pièce comportait en son centre un grand plancher de danse, de forme rectangulaire, semblable à ceux que l'on trouve dans les studios ou les ateliers professionnels. L'ancien propriétaire de la maison, nous avait-on dit, avait été danseur de cabaret. Il avait installé une sorte de piano mécanique dans un coin de la pièce, et il pouvait passer des soirées entières à danser tout seul. Le « bruit » du piano et des entrechats exaspérait son épouse impotente qui dormait juste au-dessus, dans « la chambre verte », à tel point qu'elle avait fini par se munir d'un bâton de théâtre dont elle martelait vigoureusement le sol depuis son lit jusqu'à ce que son mari cesse son vacarme. Ma mère ne manquait jamais de raconter aux nouveaux invités l'anecdote de ce bâton qui demeura longtemps dans la chambre de Bernard Frank. La pièce, donc, fit longtemps office de salle de jeu, et je n'ai guère de souvenirs où je ne voie ma mère engagée dans une partie de ping-pong effrénée, au milieu de l'après-midi, avec un ou plusieurs de ses amis. Elle avait une préférence pour les parties à quatre qui requéraient plus de réflexes et d'anticipation, satisfaisant son penchant naturel pour ce qui allait vite. La salle de jeu s'ouvrait par trois immenses fenêtres sur le grand pré qui s'étendait à l'ouest jusqu'à l'orée du bois du Breuil, et s'inondait le soir, par beau temps, de cette lumière bleutée-orangée que je n'ai vue à ce jour qu'en Normandie. Lorsqu'on avait fauché le pré, que les tas d'herbe coupée dessinaient de longues lignes irrégulières, l'odeur du foin, rehaussée par la chaleur du soir, envahissait la campagne, pénétrait la maison et plongeait ma mère dans un bonheur infini. Elle pouvait demeurer de longues minutes dans la lumière du couchant, immobile, sur le pas de la porte, inspirant les exhalaisons de cette terre qu'elle aimait et vénérait comme une mère.

Je me souviens d'elle, lorsque j'étais enfant, allongée dans le hamac que nous avions suspendu entre les deux énormes tulipiers qui occupaient le milieu du pré. (Sur une photo de *Paris Match* prise en plongée, où ma mère est dehors, assise à une table en rotin avec une machine à écrire, on voit les deux tulipiers derrière elle.) On disait que ces grands arbres étaient des spécimens rares et je pense que leur gémellité y était pour beaucoup. Chaque printemps, et pour notre plus grand enchantement, ils se lançaient dans une véritable frénésie de floraison. À l'image de deux sœurs jalouses, ils se défiaient de beauté et se couvraient de grosses fleurs blanches, rondes et voluptueuses, que nous ne pouvions toucher qu'avec les yeux, les branches les plus basses se situant toujours hors de notre portée. Il y eut un jour un orage terrible et la foudre s'abattit sur le premier arbre. Le second resta seul quelque temps, mais il ne nous fit plus jamais son grand numéro de printemps. Puis, comme s'il l'avait imploré, un second orage, plus fracassant encore que le premier, survint une nuit et le foudroya à son tour. Le pré nous parut soudain à tous immense et vide.

Lorsque j'eus dix ou onze ans, ma mère considéra qu'il était important que je pratique un sport de manière régulière. Outre les bienfaits physiologiques et psychiques d'une activité sportive pour un jeune garçon, fils unique de surcroît, elle pensait assez justement que je devais me mesurer avec moi-même, évaluer ma rapidité, mon habileté et mon endurance, connaître mes limites, et me confronter aux autres. Et elle pensa, toujours avec raison, que, vu ma taille, ma carrure, ma corpulence plutôt mince et notre goût partagé de ce qui allait vite, le tennis serait un sport idéal. Bien que nous habitions alors en face du jardin du Luxembourg, que les courts de tennis fussent tout près et qu'il eût été facile de m'inscrire et d'aller jouer une fois par semaine, je m'y refusai catégoriquement. J'ignore ce que je pouvais avoir dans la tête à cet âge, mais le tennis n'y avait pas sa place. Un jour, elle me convoqua dans sa chambre – qui était au premier étage et dont les baies vitrées donnaient sur les arbres du Luxembourg –, ce qui voulait habituellement dire que nous allions aborder un sujet d'importance, et m'annonça qu'elle avait pour projet de faire construire un court de tennis ou une piscine à Équemauville. Que la décision ultime m'appartenait puisqu'elle hésitait elle-même et que ce tennis, ou cette piscine, ne serait construit que pour moi et nos amis respectifs. Depuis son accident de voiture, elle ne pouvait plus courir et encore moins bondir sur une balle, ce qui, outre l'attrait que pouvait constituer pour un enfant un grand bassin aux couleurs de l'azur, me décida sans doute à choisir, immédiatement et sans plus réfléchir, la piscine. Ma mère engagea un architecte qui creusa un énorme trou de vingt et un mètres de long sur dix mètres de large, et de deux mètres quatre-vingts de profondeur, dans le pré derrière la maison, non loin des deux tulipiers. Nous étions en 1973. Les travaux prirent beaucoup de temps car il fallait trouver – à l'époque ce n'était pas facile – un *liner* qui résiste aux âpretés de l'hiver normand et un système de chauffage qui fût aussi efficace en été qu'au printemps. J'étais avec mon père à Équemauville lorsque la piscine fut enfin livrée. Ce devait être le printemps 1974 et probablement les vacances de Pâques puisque j'étais à la campagne. L'architecte, accompagné de sa femme, resta dîner avec nous. Au moment où nos hôtes durent partir, je perçus une sorte de tension que je ne m'expliquai pas. Quelque chose avait changé, mon père semblait contrarié. Un peu plus tard, j'appris que l'architecte et sa femme s'étaient tués en voiture, à quelques kilomètres de la maison, après nous avoir quittés. Ils avaient beaucoup bu ce soir-là. Cette tension que j'avais ressentie était due au fait que mon père avait insisté pour qu'ils ne prennent pas la route ivres.

Lorsque la maison était pleine, nous étions parfois dix-huit ou vingt à table. Il régnait alors une incroyable gaîté. Quand nous séjournions à Équemauville, Madame Marc, la gardienne de la maison, s'occupait de la cuisine. Madame Marc était souvent drôle. Elle avait des idées originales, très campagnardes, bien à elle sur la vie. Nous l'aimions beaucoup et elle nous le rendait bien. À Équemauville il y eut des étés mouvementés, des étés « agités » comme disait ma mère. La maison abritait souvent des passions et des drames. Ma mère accueillait, écoutait, réparait, consolait. Des gens arrivés de Paris en pleurs repartaient gais comme des pinsons. D'autres partis fièrement à l'assaut des tables de jeux de Deauville au milieu de l'après-midi nous revenaient pour le dîner avec un air piteux – nous savions ce que cela voulait dire. Je me rappelle un été où l'on dut sauver Barbara, la chanteuse, *in extremis* de la noyade parce que, ne sachant pas nager, elle avait malgré tout décidé d'aller à l'eau – dans le grand bain, bien sûr – et avait coulé sous nos yeux ébahis avant que Françoise Jeanmaire que j'évoquerai plus tard, championne de natation, ne plonge pour la sauver. C'est au cours de cet été-là aussi, je crois, que cette même Françoise Jeanmaire enfourcha la grosse moto de mon oncle Jacques et finit couchée, heureusement sans trop se faire mal, dans un virage à l'entrée de Trouville. Et je crois que c'est également au cours de cet été-là que ma mère s'enlisa sur la plage de Pennedepie avec sa Lotus Super Seven S1 que son ami Peter lui avait offerte, si bien qu'elle avait dû faire venir un agriculteur avec son tracteur pour sortir la voiture du sable. Je pense que cette envie qui prit ma mère de faire courir la Lotus sur la plage n'était pas sans lien avec une scène du film *L'Affaire Thomas Crown* (1968), celle où Steve McQueen, au volant d'un gros buggy, conduit Faye Dunaway à un rythme endiablé sur les dunes d'une plage du Massachusetts. La Super Seven était une voiture basse, légère et maniable. Elle n'avait que deux sièges dans lesquels nous étions quasiment allongés, et même si son petit moteur – un 1600 de quatre cylindres – n'avait rien de celui d'une véritable voiture de sport, les sensations, accrues par son incroyable tenue de route, étaient aussi fortes que celles éprouvées sur une piste de kart. Ces qualités essentielles au regard de ma mère – fulgurance, vélocité et agilité – firent bien vite de « la petite Lotus », ainsi qu'elle la nommait, son jouet favori, et elle portait à cette voiture, qui l'amusait tant, un attachement réel. Il n'y eut guère dans mon souvenir que la 250 California – qu'elle appelait d'ailleurs avec affection « la petite Ferrari » – qui lui inspirât un sentiment comparable. Vers la fin de l'après-midi, lorsque le temps le permettait, ma mère avait pour habitude de m'emmener faire un tour dans la campagne alentour avec la Lotus. Nous prenions à gauche à la sortie de la propriété, puis à deux cents mètres à droite, un virage en épingle à cheveux, sur la petite route étroite qui descend vers Barneville-la-Bertran et continue de tortiller, une fois passé le village et sa mairie – où elle épousa mon père un après-midi de janvier 1962 –, sur trois ou quatre kilomètres à travers des petits vallons, des sous-bois et des pâturages.

Lorsque Jacques, le frère de ma mère, vint pour la première fois à Équemauville avec sa Miura, nous entendîmes le braillement fracassant du moteur Lamborghini à des kilomètres, si bien que ma mère, qui attendait sa visite, sut que c'était lui et alla l'attendre sur le pas de la porte. Nous nous postâmes tous en rang d'oignons devant la maison, impatients et curieux de découvrir ce monstre tonitruant. Nous devions être un petit nombre d'amis ce jour-là, dont, je crois, Bernard Frank, Peggy Roche et Charlotte Ailland. Bien que ce fût Jacques que nous espérions et que le sujet automobile fût très éloigné de nos préoccupations, la voiture qui s'arrêta dans la cour nous laissa interdits et admiratifs. Ma mère fut si stupéfiée par la Miura qu'elle voulut s'y asseoir et faire un tour sur-le-champ, et ils repartirent tous les deux, Jacques et ma mère, dans le même vacarme assourdissant.

Je devais avoir douze ou treize ans lorsque Jacques débarqua pour le week-end à Équemauville avec Élise, une grande brune d'une remarquable beauté. Je fus charmé par cette femme élégante et raffinée. Elle était flanquée d'un jeune chien de berger de quelques mois, qu'elle appelait Le Loup. Entre ce chiot et moi, ce fut une espèce de coup de foudre. Du moment où je découvris Le Loup jusqu'à celui où il repartit le dimanche soir avec sa maîtresse et mon oncle, nous ne nous quittâmes pas. Même si je ne l'ai vu qu'une fois dans ma vie, ce chiot m'a marqué, et bien qu'il ne soit évidemment plus de ce monde il m'arrive encore de penser à lui. Il se passa une semaine exactement avant que mon oncle ne revînt à Équemauville, accompagné cette fois-ci de sa femme légitime. Il faisait un temps providentiel pour un mois de mai en Normandie, doux et ensoleillé. Madame Marc étant probablement absente, ma mère proposa que nous allions déjeuner à la terrasse des Vapeurs à Trouville. Nous nous retrouvâmes à six assis à une table au soleil, ma mère, Peggy, Jacques, sa femme, moi, et une autre personne dont je ne me souviens plus. J'étais assis à côté de ma tante, face à la rue, et ma mère devait être face à moi, en diagonale. Alors que nous venions de commencer à déjeuner, je vis sur le trottoir, de l'autre côté de la rue, une très jolie femme brune qui tenait en laisse un jeune chien de berger ressemblant à s'y méprendre à Le Loup. Je bondis sur ma chaise et interpellai ma mère : « Maman, regarde ! Regarde là-bas, on dirait Le Loup ! » Ma mère se tourna distraitement, puis fit mine de ne pas avoir vu. J'insistai : « Maman, mais si ! Tu sais bien, Le Loup, le chien qui est venu la semaine dernière à la maison avec Jacques et cette jeune femme, Le Loup, enfin… » Elle faisait comme si elle ne m'entendait pas et un drôle de silence s'était installé à table ; j'étais désormais le seul à parler – ce qui n'arrivait jamais – et j'étais fermement décidé à ce que l'on m'entende. Voyant que ma mère s'entêtait à m'ignorer, je me tournai vers mon oncle : « Tu sais bien, enfin ! Le chien Le Loup, qui était avec Élise et toi la semaine dernière. » Il y avait maintenant un silence de plomb. Le temps, comme les fourchettes et les cuillères, était suspendu. Alors que je m'apprêtais à revenir à la charge une dernière fois, ma mère coupa net mon élan, me regarda droit dans les yeux et me dit, d'un air des plus déterminés que je lui connusse : « Denis, tais-toi et mange tes moules. » Je n'ai compris que plus tard l'ampleur de la gaffe que j'avais commise et, malgré les apaisements de ma mère, j'en fus horrifié. J'avais énormément d'attachement pour mon oncle Jacques et j'eus l'impression d'avoir empoisonné, peut-être même compromis de manière définitive, ses tentatives que je savais nombreuses de trouver une issue à ses déboires conjugaux.

7

1962 va marquer un nouveau tournant dans la vie de ma mère. Il y a bien sûr ma naissance, mais d'autres événements vont amorcer un virage déterminant pour les années à venir. Ma mère rêvait d'avoir un enfant. « Je voyais une plage, moi sur cette plage et un petit garçon à côté. » Mon père était fou de joie. Le 27 juin, à l'annonce de mon arrivée à l'Hôpital américain à Neuilly, il m'a raconté avoir traversé Paris à fond de train et cassé sa Coccinelle sur la place des Invalides. Mais 1962 vit aussi, trois jours après ma naissance, la disparition de René Julliard. Ma mère avait une profonde sympathie et beaucoup de considération pour cet homme protecteur, intelligent et cultivé qui le premier l'avait accueillie dans sa maison d'édition. Pour ne pas altérer la joie de ma naissance, tout fut fait pour qu'elle n'apprît pas tout de suite la triste nouvelle.

Ce fut la femme de René Julliard, Gisèle d'Assailly, qui prit la relève, avec Christian Bourgois, le directeur de la maison. En 1965, Julliard est racheté par le groupe des Presses de la Cité. Après le départ de Gisèle d'Assailly, ma mère quitte Julliard pour Flammarion. Déjà, elle reprochait à la maison de ne plus lui parler que de ses contrats, donc d'argent, sujet honni, alors qu'elle attendait qu'on lui parle de ses livres. Quarante ans plus tard, et après avoir repris la succession de ma mère, je m'aperçois dans mon affrontement avec la maison Julliard que celle-ci se soucie toujours davantage des contrats que de l'œuvre…

En 1962, après ma naissance et après la disparition de René Julliard, sur les conseils de l'une de ses amies, et peut-être soucieuse de mettre un peu d'ordre dans ses affaires, elle confie à Elie de Rothschild, le frère d'une amie, les difficultés qu'elle rencontre à ne pas voir disparaître tout ce qu'elle gagne. C'est à compter de cette période qu'elle se met sous une forme de tutelle volontaire. Une personne de la banque Rothschild, où ses comptes sont dorénavant à l'abri, est chargée d'éviter tout excès de dépenses, ces excès qui entretenaient les rumeurs ainsi que toute une bande d'amis. Tout cela finissait par provoquer ce qu'on appelle des « ennuis d'argent » et l'inquiétude de ses proches. Désormais, elle n'a plus de chéquier, mais elle n'a plus non plus à se soucier de ses dépenses. C'est cette personne, Marylène Detcherry, attachée à la banque Rothschild, qui paie tout : « Les poireaux, l'assurance des voitures, la maison. Quand je hurle, on m'envoie mille francs [de l'époque] d'argent de poche. Et là s'arrêtent mes rapports avec le quotidien. […] Autant je trouve l'usage de l'argent bien agréable, autant les problèmes de comptabilité me paraissent froidement ennuyeux. »

Au cours des semaines qui ont suivi ma naissance, ma mère a déménagé et nous sommes allés habiter rue de Martignac, à quelques mètres de la basilique Sainte-Clotilde. Je n'ai aucun souvenir de ce lieu. Il m'arrive encore de passer dans la rue de Martignac et de m'y arrêter pour chercher, dans ces façades blanches et ces quelques arbres qui sommeillent au pied du clocher, un souvenir qui éveille ma mémoire.

À la même époque, immédiatement après le Salon de l'auto, ma mère a acheté une des toutes premières Jaguar Type E coupé sortie en France – dont je n'ai pas de souvenirs – et avec laquelle elle est descendue dans le Midi avec son frère à la fin de l'été. Les autoroutes A6 et A7 n'existaient pas encore et il fallait prendre la nationale 7, sans doute mal éclairée et plus étroite qu'aujourd'hui, éviter les voitures tout aussi mal éclairées et plus lentes. Ma mère me raconta que lors de ce voyage pour Saint-Tropez, ils s'arrêtèrent dans un petit garage au bord de la route et demandèrent au garagiste, complètement épaté par cette première Type E, de bien vouloir faire quelques trous dans le pot d'échappement pour que la Jaguar fasse un peu plus de bruit. Ma mère et son frère se firent copieusement rabrouer par l'homme de l'art qui refusa catégoriquement de commettre un tel sacrilège sur une voiture aussi récente et belle. Elle n'a pas gardé le coupé Type E très longtemps, l'échangeant pour le même modèle en décapotable et en gris clair, qu'elle conserva jusqu'en 1965. Puis elle donna cette voiture à Georges Pompidou, ami de la famille, lequel, grand amateur d'art contemporain, devait être subjugué par la ligne de la Jaguar. La même année, avec les gains de *La Chamade*, elle s'acheta le petit cabriolet Ferrari California.

Quelques semaines seulement après ma naissance,

au mois d'octobre 1962 très exactement, un autre événement survint qui bouleversa ma mère. Jamais elle ne parla – du moins publiquement – de cette crise qui la fit passer par une période de terrible angoisse. Cependant il nous arriva par la suite et assez fréquemment, lorsque j'eus l'âge et la maturité suffisants, d'évoquer ensemble ce qu'on appela « la crise de Cuba ». Il suffisait que nous l'évoquions pour avoir tous deux la chair de poule. Je m'étonne que la chose n'ait jamais été abordée dans les différentes biographies consacrées à ma mère. La seule explication plausible est qu'elle n'aimait pas partager ce qui lui était le plus désagréable. Je n'étais alors qu'un bambin de quelques mois, ce qui ajouta peut-être à son affolement, mais si les événements prirent une telle importance à ses yeux, ce ne fut pas uniquement par inquiétude pour moi. Ce qui la paniquait, c'étaient les conséquences épouvantables auxquelles aurait pu conduire ce bras de fer entre les États-Unis et l'Union soviétique. En octobre 1962, les Russes tentèrent d'acheminer et d'installer des missiles nucléaires sur l'île de Cuba, à quelque deux cents kilomètres de la Floride. (On suppose désormais que c'était en réponse au fait que les Américains aient installé, un an plus tôt, des missiles en Turquie et en Italie, capables d'atteindre l'Union soviétique.) Ces fusées russes pointées sur le territoire américain provoquèrent une telle tension qu'ils placèrent le monde au bord de la guerre nucléaire pendant plus d'une semaine. Terrorisée à l'idée d'un conflit de grande ampleur entre les deux puissances, ma mère allait demeurer toute sa vie épouvantée par la possibilité d'une telle folie. La conscience qu'elle avait de ce danger était sans doute beaucoup plus pleine, beaucoup plus entière, que chez la plupart des gens de son entourage. Il y eut un jour en particulier, quand un avion espion américain fut abattu, où le monde parut à deux doigts du cataclysme. Ce soir-là, ma mère était invitée chez des amis. Lorsqu'elle arriva, un peu en retard, tout le monde avait déjà commencé à dîner. Elle fut proprement stupéfaite de trouver les convives tranquillement attablés, une fourchette à la main, alors que le monde risquait d'être réduit en cendres d'une minute à l'autre.

Cette grande peur, je dirais même cette psychose que provoquait chez elle l'éventualité d'un conflit nucléaire – et qu'elle m'a transmise –, transparaît dans ses écrits, notamment dans l'une de ses nouvelles, *Un matin pour la vie*, et dans une chronique, « La nature », où elle dévoile son attachement et son profond respect pour la nature. « Cette terre serrant contre son flanc, grâce à la force de la gravité, ses enfants les Humains […], les abreuvant, les nourrissant, poussant de son souffle leurs voiles ou les ailes de leurs moulins, […] prêtant ses plages aux paresseux, […]. » Puis elle clame son sentiment d'injustice et de colère : « Et qu'apprenait-elle, tout à coup, en 1945 ? Que ses enfants, ses propres enfants avaient trouvé en outre le moyen de la brûler complètement en surface. Elle allait peut-être, par la faute de ces ingrats, se retrouver toute seule, grise, chauve […] et sans un seul oiseau.[1] » Une fois que nous l'aurions définitivement rasée, que nous en

1. Françoise Sagan, « La nature », *Maisons louées, op. cit.*

aurions brûlé la peau, que nous en aurions fait une boule pelée, grise et fumante, privée d'air, de soleil, d'herbe, de prairies, d'oiseaux et de rivières, que deviendrait-elle ? Quand bien même elle ne se désintégrerait pas, que ferait-elle toute seule, vidée de ses habitants et redevenue semblable aux autres planètes, à l'image d'une sphère silencieuse et chauve tournoyant dans l'obscurité de l'infini ? L'idée que nous pourrions un jour – prochain –, par orgueil, par vanité ou par égoïsme, en tout cas par bêtise, détruire cette Terre qui nous accueille, nous protège et nous nourrit depuis si longtemps la révoltait. Nous nous interrogions, questionnions nos comportements irréfléchis et irresponsables, ne trouvions jamais de réponse. Incrédule, elle me citait Céline. « Je déteste la guerre, car la guerre se passe toujours à la campagne et moi, la campagne, ça m'emmerde. » Fallait-il donc avoir grandi dans le Vercors, passé des vacances en Normandie, avoir voyagé au Népal, galopé dans les causses du Lot et les vallons du Montana à la tombée du jour, fallait-il avoir respiré cette odeur de terre après la pluie, éprouvé ce sentiment de plénitude et de reconnaissance pour savoir aimer la Terre ? Céline n'avait-il donc jamais expérimenté cette communion avec la nature ? Cette terre que nous piétinions et que nous maltraitions quotidiennement était notre seule demeure, nous n'en aurions pas d'autre. Ainsi partagions-nous nos inquiétudes avant de retrouver notre optimisme avec Proust, Pissaro, Monet ou George Sand. Pour ma mère, la nature n'était qu'une et nous en étions tous, humains, chevaux, chiens, chats, lions, araignées, rhinocéros.

L'amour qu'elle portait à la nature, ce sentiment si fort qu'elle avait de ne faire qu'une avec elle, se nourrissait des images d'une enfance heureuse dans les paysages du Vercors, de ses longues promenades dans la campagne avec Poulou, le petit cheval que son père avait arraché à la boucherie. À l'image de l'automobile, le cheval n'incarne-t-il pas l'idée de liberté, permettant à l'homme de franchir cette « prison interminable et sans barreaux, ces étendues désertes sans attrait dès l'instant qu'elles s'interposaient entre ses plus vifs désirs et sa vie » ? Rapide, il emporte son cavalier au grand galop « pour que le plaisir se mélange à la peur dans une de ces conjonctions instantanées qui sont parfois les formes les plus vives du bonheur de vivre, et de l'acceptation de mourir ». Jusqu'à la fin de sa vie ma mère gardera cette affinité avec les chevaux. « Je fais partie des dix ou quinze ou vingt pour cent de Français ou d'êtres humains qui, devant un cheval, éprouvent un mélange d'admiration, d'exultation et de ferveur tout à fait à part. » Son rêve, si elle en avait eu les moyens, eût été de posséder des chevaux de course. « C'est le seul luxe que je regrette parmi ceux que j'ai connus et que mon incurie, ma sottise, ma stupeur et mon incrédulité devant la patience nécessaire aux escrocs m'ont retiré. » Elle a acquis pourtant un de ces chevaux, au début des années 1980. Hasty Flag fit quelques courses en queue de peloton, jusqu'au jour où il remporta la Grande Course de Haies de Printemps à Auteuil. Il gagna ensuite d'autres courses moins importantes, une notamment à l'hippodrome de Clairefontaine, à Deauville, où il battit allégrement ses concurrents de plusieurs longueurs. Les couleurs de Hasty Flag étaient casaque bleue, toque et épaulettes noires. Ma mère n'éprouvait pas de plus grand bonheur ni de plus grande excitation que lorsqu'elle allait le voir courir, quand, au loin, elle distinguait la petite toque noire se détacher du peloton et que l'on entendait la voix du speaker annoncer « Hasty Flag remonte » ou « Hasty Flag reprend du terrain »… C'était une véritable passion dont je regrette beaucoup qu'elle n'ait pas été davantage révélée dans le film que l'on tira de sa vie, occultant l'un des traits les plus saillants de sa personnalité.

Ma mère aimait les chevaux. Elle aimait aussi les chiens et les chats, il y en a toujours eu autour d'elle et j'ai grandi entouré de chiens, entre les teckels de mes grands-parents et Werther, le berger allemand que lui avait offert son amie Elke lorsque j'avais six ou sept ans et qui accompagna toute mon enfance, de 1967 à 1980. Ce berger allemand, qui se prenait – disait ma mère – pour un chien de manchon parce qu'il voulait monter sur les canapés et se blottir sur nos genoux, était d'un caractère tendre et patient. Il ne nous quittait jamais, montrant tous les signes du plus grand tourment lorsque nous partions à deux ou plus en promenade dans le bois du Breuil et que nous nous séparions exprès au détour d'un chemin pour voir sa réaction. Il se lançait alors dans une course effrénée, allant de l'un à l'autre, dans l'espoir de nous réunir à nouveau. Werther avait juste un défaut, il avait très peur en voyage. Il aboyait, grondait, bondissait d'un bord à l'autre de la banquette arrière dès que nous croisions une autre voiture, si bien que nous fûmes contraints de lui administrer des sédatifs lorsque nous prenions la route. Ce médicament, que lui avait prescrit le Dr Thuillier, le vétérinaire de la rue Vaneau, se montrait si efficace que le pauvre Werther sautait désormais au ralenti, aboyait tout bas et avait les yeux qui s'affaissaient bien au-dessous de leur place habituelle. Ces transformations qui lui donnaient l'allure étonnante d'un berger allemand mû par l'énergie d'une limace nous amusaient beaucoup. Un jour que Werther avait un ou deux ans, avenue de Suffren, ma mère donna une réception et décida de servir du *bullshot,* un cocktail à base de vodka, de bouillon de bœuf et de sauce anglaise Worcestershire. C'était l'été, il faisait très chaud, et le maître d'hôtel avait disposé une grande quantité de *bullshot* dans deux grandes jattes qu'il avait déposées sur le balcon. Werther avait aussitôt flairé le bouillon de bœuf et, ne pouvant résister à pareil fumet, avait goûté la potion destinée aux invités, si bien qu'assez tôt, ma mère, le voyant incapable de se tenir sur ses pattes, ni même assis, penchant d'un côté ou de l'autre, tombant sur le côté, s'aperçut qu'il était totalement ivre et appela le Dr Thuillier. Il prescrivit une diète absolue et beaucoup d'eau. Werther dormit trois jours et deux nuits durant, la tête enfouie entre ses pattes avant, comme s'il voulait s'abstraire du monde et ne plus entendre un bruit.

Avant Werther, il y avait eu Youki, que ma mère avait dû acquérir juste après son accident de voiture. Youki n'avait pas de pedigree mais il était pourvu d'intelligence et de charme. Sa robe était noir et feu, et ses pattes comme son plastron étaient blancs, à l'image d'un maître d'hôtel. Youki avait pour habitude d'aller faire des promenades dans le bois du Breuil, derrière la maison. Un jour, il partit et ne revint pas. On eut beau l'appeler, le chercher, Youki avait disparu.

Ma mère fut très affectée par sa disparition. Elle fit naturellement part de sa consternation à ses proches – dont son ami Georges Pompidou qui, à l'époque, était Premier ministre. J'ignore ce qui, de la réelle peine de ma mère ou de la tout aussi réelle bienveillance de Pompidou, influa le plus sur sa décision, toujours est-il qu'il requit un escadron de gendarmes pour battre la campagne des environs de Honfleur afin de retrouver Youki. Les battues ne donnèrent rien. Ma mère fit alors usage de la presse. À l'occasion d'une interview télévisée accordée quelques semaines avant la parution de *La Chamade*, elle lança un appel pour dire qu'elle avait perdu son chien. Le journaliste lui demanda si elle ne trouvait pas embarrassant d'utiliser ainsi la télévision pour récupérer un animal. « C'est un peu gênant de vous déranger pour ça, mais j'adore ce chien, alors tous les moyens sont bons et on est souvent assez embêtés par les journaux et la télévision donc quand cela peut vous paraître utile, on a moins de scrupules à en user. » Elle ajouta qu'elle préférait récupérer son chien et que tout le monde se moque d'elle, plutôt que de vivre sans lui et de jouir de la bonne considération générale.

Ma mère avait donc beaucoup d'affection pour les animaux, elle adorait Youki, mais il ne faut pas pour autant imaginer qu'elle leur vouait une passion excessive ou pathologique. J'avais six ans lorsque nous avons hébergé Carmen pour quelques jours dans notre appartement de l'avenue de Suffren. Carmen était une petite chèvre de cirque que son dompteur, pour empocher quelques pièces, contraignait à monter et descendre une échelle posée sur le trottoir de la rue du Bac. Ma mère, qui passait en voiture à ce moment-là, fut sans doute prise de pitié. Elle s'arrêta, acheta l'animal, le mit dans sa voiture et le ramena à la maison. Nous avons ainsi cohabité quelques jours avec une chèvre, Werther, le jeune berger allemand, qui sembla très étonné par la présence de ce quadrupède à cornes dans l'appartement, et Minou, le chat, qui ne devait pas l'être moins. Carmen s'intéressa de près aux franges du canapé de l'entrée mais n'eut pas le temps de s'en prendre aux rideaux du salon car mon père la conduisit, avec le cabriolet Ferrari, à Équemauville. Il rencontra d'ailleurs un très vif succès aux feux rouges, dans la Ferrari décapotée, avec la petite chèvre à ses côtés. Il existe bien d'autres anecdotes liées aux animaux dans notre famille. Il y a cette célèbre photo où l'on me voit dans mon parc, à Équemauville, avec le cheval qui est entré dans le salon et se tient à côté de moi. Il y a aussi cette histoire avec Léo, l'oiseau de ma grand-tante du Lot. La tante de ma mère, chez qui je passais la moitié de l'été avec ma grand-mère, avait un mainate nommé Léo qui imitait parfaitement les voix et les rires, sifflait et chantait, parfois à tue-tête. Georges Pompidou, alors président de la République, était venu un jour déjeuner chez elle – il avait une maison dans les causses, à côté de Cajarc, à quelques kilomètres de là. À peine eut-il franchi le seuil de la salle à manger, où était installée la cage du mainate, que l'oiseau entonna *La Marseillaise.* Cet accueil inattendu et très officiel amusa beaucoup le Président.

8

Mon père, Robert James Westhoff, dit Bob Westhoff, est né le 3 mars 1930 aux États-Unis, dans le Minnesota, à Ogilvie. Enfant d'un second mariage, il est l'avant-dernier d'une famille de six dont le plus âgé, un frère, le précède de vingt ans. Son père, ayant émigré de Hambourg au début du siècle, est un homme brillant et travailleur. Bien que modeste, la famille parvient à rester à l'écart de la pauvreté qui touche l'Amérique pendant la période qui suit le krach de 1929. Très jeune, Bob suscite la curiosité de ses proches qui le disent « *above the average* », au-dessus de la moyenne. Outre une vivacité, une finesse d'esprit, une intelligence et une indépendance hors du commun, que très tôt tous s'accordent à lui reconnaître, il a des dons réels pour le dessin, la musique et les arts en général. Ces qualités auraient pu lui permettre de tisser un lien fort avec son père, pourtant l'autoritarisme de ce dernier maintiendra toujours une distance entre eux. Bob trouve heureusement en ses frères et sœurs de très fidèles complices avec lesquels il s'entend pour faire mille bêtises. Il profite de l'impunité que lui offre l'âge de son père – sexagénaire – pour agir toujours plus librement, ce qui le conduira rapidement à rejeter l'autorité en général. Lorsque la famille quitte Ogilvie pour une petite ville à la frontière du Wisconsin, où la rue principale ne compte que six maisons, son esprit libre s'ennuie et rêve de nouveaux horizons. Il n'a que dix-sept ans lorsque, en 1947, il falsifie la date sur son certificat de naissance, ou emprunte la pièce d'identité de l'un de ses camarades plus âgés, on ne sait pas, et s'engage dans l'armée. Il choisit l'Air Force et part faire ses classes à San Antonio, au Texas. Il passe avec succès les concours d'école d'officiers, est rapidement promu et devient l'un des plus jeunes officiers de l'armée américaine. Lorsqu'on découvre quelques mois plus tard qu'il a filouté, il a atteint sa majorité. Il n'est pas, comme l'affirme la biographe, renvoyé, ne s'engage pas non plus sous le drapeau d'une autre nation. L'US Air Force, qui ne souhaite guère se séparer d'un élément si brillant, passe l'éponge. La période Texas terminée, il choisit Anchorage, en Alaska, un avant-poste de la défense américaine en cas de conflit avec l'Union soviétique. Nous sommes en 1948 et l'armée y développe déjà un projet de bouclier contre une agression par les airs baptisé « Nike ». Les pièces de la guerre froide sont en train de se mettre en place. À mesure que croît sa psychose du communisme, l'Amérique étend son hégémonie et ses bases militaires à travers le monde. Le gigantesque État soviétique vient de vaincre l'envahisseur nazi et a ébranlé la cohésion de ses anciens alliés à la conférence de Yalta.

Les parents de Bob ne savent pas grand-chose des occupations de leur fils, sinon qu'il ne vole pas mais qu'il est instructeur. Bob semble prendre goût à cette terre perdue à la limite du cercle arctique puisqu'il rempile pour trois ans sur la base d'Elmendorf. Les journées n'y durent que quelques heures l'hiver et les températures descendent en dessous de – 30 °C. Il retrouve les siens lors de ses permissions, mais il est déjà pris par le désir de voyager et ne compte pas s'arrêter aux frontières du Minnesota. Lorsqu'il repasse voir sa famille à l'hiver 1951, avant de s'envoler pour la Californie puis pour l'Asie, il sait déjà qu'il ne la reverra pas avant longtemps. Fin 1953, il est envoyé comme conseiller spécial à Haiphong, en Indochine, pour assister le corps expéditionnaire français qui utilise du matériel américain. Au début de mai 1954, pressentant la chute imminente des Français à Diên Biên Phu, le département d'État américain affrète un avion spécial pour évacuer mon père du Vietnam. Vingt-cinq ans plus tard, il me dira combien il a été choqué par ce qu'il a vu et vécu sur cette petite base de Haiphong où il fut pour la première fois confronté à la guerre, à la détresse, à la débâcle et à la mort de garçons de son âge dont certains étaient ses amis. Cet épisode asiatique, qu'il va boucler par un passage de quelques semaines à Hong Kong, mettra un terme définitif à son engagement dans l'armée.

Son statut de vétéran lui permet d'obtenir une bourse d'études. Il décide alors de partir pour Mexico où il s'inscrit aux Beaux-Arts. C'est là, à peine arrivé, qu'il croise la troupe de Holiday on Ice, un hasard qui va rapidement mettre fin à ses velléités d'études. Remarqué grâce à ses qualités de patineur sur glace, il intègre pour quelques mois le spectacle. Puis il rentre aux États-Unis et s'installe à San Francisco, en Californie.

Là, j'ignore tout de la manière dont il rencontre un créateur de vêtements pour homme qui, sans doute impressionné par son allure, lui propose de faire de la publicité pour sa ligne de costumes. Mon père a vingt-huit ans, il est grand, mince, physiquement très séduisant, il a du charme et c'est un jeune homme bien élevé ; il a cette silhouette parfaite qu'ont certains jeunes Américains de l'époque, naturelle sans être désinvolte. Il accepte et se fait donc photographier pour les magazines. Après avoir été l'un des plus jeunes officiers de l'armée américaine, Bob Westhoff devient l'un des premiers mannequins photo de son époque. Cette carrière, assez brève et très éloignée de ses goûts et de ses dons, dont il ne m'a jamais non plus vraiment parlé, doit lui permettre de faire la fête avec ses amis, leur faisant profiter d'un argent facilement gagné et dont le seul intérêt à ses yeux est déjà, j'en suis sûr, de le dépenser et de servir sa générosité.

Mais de même qu'il détestait l'autorité sous toutes ses formes, qu'elle lui fût imposée ou que ce soit lui qui dût l'imposer à d'autres, j'imagine qu'il l'exécrait plus que tout lorsqu'il devait se l'imposer à lui-même. Il refusait ainsi tous les devoirs et obligations quels qu'ils fussent. Rien ne pouvait le contraindre ni menacer sa liberté. Aujourd'hui, vingt ou trente ans plus tard, je me rends compte que mon père était l'une des très rares personnes que j'ai connues qui n'eût échangé sa liberté contre rien au monde. Il était au-delà d'un être incorruptible, il était, en quelque sorte, un intouchable puisque l'argent, le pouvoir, tout ce qui, selon lui, permettait de prendre l'ascendant sur l'autre, lui était parfaitement indifférent. Et s'il prit son rôle de père très au sérieux, il peina toujours à se montrer sévère avec moi et à me réprimander. Je m'en suis aperçu assez tôt à son attitude très embêtée lorsque, mes notes en classe n'étant pas fameuses, il arrivait que ma mère, lui rendant brusquement son rôle de père, lui demande de « me tirer l'oreille ». J'avais alors inévitablement droit à une « leçon » au cours de notre déjeuner ou dîner suivant pendant lequel il m'expliquait doucement les ennuis que pouvaient représenter le fait de contrarier ma mère avec mes bêtises ; des conséquences qu'il jugeait autrement plus sérieuses que la médiocrité de mes résultats en mathématiques ou en sciences physiques. À travers ce que je ressentais comme un effroi, j'entrevoyais l'autorité et l'intransigeance dont ma mère avait dû – parfois justement et parfois non – faire preuve à son endroit, et face auxquelles il s'est finalement résolu à plier bagage pour de bon, quittant l'avenue de Suffren au début des années 1970.

Paradoxalement, si mon père savait être détendu, indulgent et facile à vivre – ce qu'il était vraiment –, il pouvait montrer la plus grande rigueur et la plus grande exigence dans certains domaines comme, par exemple, ceux de son apparence, qu'il voulait toujours impeccable et de très bon goût, et des bonnes manières. Ses vestes et pantalons, toujours parfaitement coupés, n'étaient jamais froissés ; les couleurs de ses chemises et de ses cravates, lorsqu'il en portait, étaient bien assorties, ses mains et sa coupe de cheveux étaient soignées. Il était d'une ponctualité et d'une courtoisie absolues en toutes circonstances. Il considérait, et en cela il rejoignait ma mère, que le respect de l'autre et de ce qu'on appelle des « règles de civilité » devait dominer dans toute relation humaine, fût-elle provisoire. C'était un principe de vie.

De même, mon père montrait une exigence et un

attachement équivalents au bon usage de la langue française. Bien qu'il ait gardé jusqu'à la fin de sa vie un léger accent américain – qui n'était d'ailleurs pas dénué de charme –, il s'exprimait si bien dans notre langue qu'il était considéré par beaucoup comme un puriste. Lorsque nous étions ensemble, j'étais très régulièrement repris et corrigé si je commettais une faute de syntaxe, employais mal un temps ou faisais un barbarisme. Des mots comme « mec », « zinc » à la place d'avion, ou encore le fait de dire « partir à » au lieu de « partir pour » pouvaient susciter sa vive irritation, comme l'expression, que j'employai un jour à sa grande consternation, « Parler le français comme une vache espagnole » et dont il m'expliqua qu'il s'agissait d'une déformation auditive de la vraie locution « Parler le français comme un Basque l'espagnol »…

Ma mère et moi avons souvent abordé ces questions du vocabulaire et du bon usage des mots. Elle en parlait avec la plus grande tendresse parce qu'ils avaient rempli sa vie depuis son plus jeune âge, ils la nourrissaient. Chacun avait sa tonalité, sa musicalité et sa beauté propres ; elle trouvait ravissants des mots comme « balcon » et « mélancolie ». Il suffisait de quelques-uns bien choisis et bien associés pour exprimer n'importe quelle idée, n'importe quelle émotion, et transporter la personne à côté de soi dans un monde imaginaire ou poétique. Que les mots apportent les idées était selon elle aussi vrai que son contraire, sans l'apprentissage du vocabulaire, sans la lecture, sans l'école, nous serions estropiés et condamnés à une sorte d'isolement puisque privés du moyen d'expliquer, d'exposer une idée, de faire bouger les angles d'une pensée, de se faire comprendre. Lorsque avec ma mère nous revisitions ces généralités sur le bonheur des mots, mon père, jugeant de tels débats stériles, se tenait à l'écart. Il était davantage soucieux du respect du lexique et de la syntaxe qu'intéressé par nos considérations plus abstraites.

En 1958 ou 1959, mon père quitte San Francisco. Accompagné de quelques copains, il embarque sur un liner depuis New York à destination de l'Europe. Charles de Rohan-Chabot – j'ignore comment ils se sont rencontrés, sans doute lors de son passage à New York –, sûrement séduit par le charme de mon père – j'apprendrai bien plus tard que Charles partageait son goût pour les hommes autant que pour les femmes –, lui donne ses coordonnées à Paris, le priant de l'appeler dès son arrivée. La rencontre avec Charles de Rohan-Chabot va marquer le plus grand tournant de la vie de mon père qui, en s'embarquant sur ce bateau, ne sait pas encore qu'il s'éloigne de son pays, de sa famille et de son passé de manière définitive.

J'ai imaginé, on me l'a confirmé et j'en suis désormais convaincu, que sa rencontre avec l'Europe, la France et Paris en particulier, fut un coup de foudre. À compter du jour de son arrivée, il ne fut probablement déjà plus question de retour. De cet élan si soudain il va se couper de sa famille durant plus de deux ans – jusqu'à son mariage. Il n'écrit pas un mot, n'envoie pas un télégramme, ne donne pas un coup de téléphone à sa mère, ni à sa sœur Mary Jo dont pourtant il est très proche, ni à ses frères. Mais pour les siens, Bob est déjà ce « drôle d'oiseau » comme il le dit parfois, surdoué et original, et ce silence ne surprend pas outre mesure, pas plus qu'il n'éveille d'inquiétudes.

Bob se sent totalement libre et confiant dans un pays dont il ne parle pas davantage la langue qu'il ne la comprend, mais qui semble promis à satisfaire ses aspirations, ses goûts et ses désirs. Il s'est installé dans un atelier à Montmartre où il pratique la sculpture. Charles de Rohan-Chabot, qu'il a retrouvé à Paris, est un homme riche, élégant, distingué, qui aime s'amuser. Il emmène mon père dans les dîners, les soirées et les clubs à la mode de l'époque, le plus souvent accompagné de sa future femme, Paola Sanjust, qui n'est autre que la meilleure amie de ma mère.

Les circonstances exactes de la première rencontre de Bob et Françoise n'ont jamais suscité chez moi un intérêt assez mordant pour que je les questionne l'un ou l'autre. Ma mère m'a cependant raconté la manière dont ils s'étaient « rapprochés », elle parlant alors un très mauvais anglais, et lui, arrivé depuis à peine plus d'un an, parlant encore très mal le français.

Au printemps 1961 donc, Charles et Paola projettent de convoler en justes noces pour des raisons que j'imagine aussi troubles qu'affectives, liées à des restrictions-interdits-conventions imposés par leurs familles respectives. Paola est la fille d'un homme issu d'une grande famille italienne et d'une femme dont le nom est un emblème dans les milieux financiers. Le comte Charles de Rohan-Chabot est l'héritier d'une longue lignée de châtelains que l'on peut remonter jusqu'au XIe siècle. La complicité et l'amitié qui lient Paola et Françoise les a rendues si inséparables que la perspective de la lune de miel, et donc d'une séparation temporaire, incite Paola à demander à ma mère de leur prêter sa maison d'Équemauville pour ces quelques jours de septembre 1961 et, pressentant peut-être un tête-à-tête tourmenté avec son nouveau mari, elle lui demande aussi… de rester dans la propriété, auprès d'elle. Considérant que l'équilibre du couple s'en trouve rompu, Charles exige à son tour de ne pas être seul et demande à ce que mon père, lui aussi, reste à ses côtés dans la maison.

Dès les premiers jours de l'étrange lune de miel, les éclats de voix des jeunes mariés montent dans les étages de la maison, leurs esprits s'emportent, les portes claquent. Les disputes sont parfois si âpres que ma mère, résignée, doit se réfugier dans l'escalier avec ce jeune Américain qui subit comme elle les brusques orages du couple Charles-Paola. Mais l'escalier se révèle vite un piètre refuge et ma mère, comme elle le fait déjà et le fera souvent plus tard, préfère « filer » avec sa voiture, emmenant, bien sûr, Bob avec elle.

Bien qu'ils ne se parlent que par fragments de phrases, mon père et ma mère ont ainsi dû se trouver des goûts et des élans de cœur suffisamment proches pour que leurs errances sur les petites routes des environs de Honfleur – qui se prolongèrent bien au-delà du séjour de Charles et Paola à Équemauville où Bob fut invité à rester après leur départ – les conduisent jusqu'à une auberge de Pennedepie, à quelque cinq kilomètres de Honfleur. Un jour que nous passions en voiture à la hauteur de cet endroit sur la départementale 513, mon père m'a affirmé, non sans une certaine fierté, que c'était là, à Pennedepie, par une douce après-midi d'automne, que j'avais été conçu.

Avec les brusques imbrications de ces souvenirs, l'exigence que je me fais de les relater de manière qu'ils s'apparentent à des repères tangibles pour le lecteur, il m'apparaît maintenant de plus en plus évident que mes parents étaient si ressemblants qu'ils ne pouvaient que s'entendre. Ils avaient choisi d'adopter un mode de vie qui leur permettait, quoi qu'il arrive, d'être libres – ma mère avait un métier et une indépendance financière –, de disposer de leur temps et de l'espace comme ils l'entendaient – ma mère habitait toujours des appartements spacieux dans lesquels elle avait la possibilité de s'isoler une ou deux heures par jour, ce qu'elle considérait comme indispensable à son équilibre vital. Mais hormis ces deux privilèges, l'espace et le temps, que ma mère jugeait être l'essence du luxe, ils aimaient tous deux aller vers les autres, partager, provoquer des moments inattendus. Ils aimaient rire, ils fuyaient l'ennui comme la peste et, de même que beaucoup de gens à l'époque, je crois, accordaient une bien moindre importance à la valeur de l'argent. La vie facile, drôle et libre que mes parents ont partagée durant leur vie de couple – de 1960 à 1969 – peut sembler insolente, choquante même, aujourd'hui. Dans une interview, ma mère a dit elle-même : « Je suis tombée dans une période bénie où tout était possible, l'amour et l'imagination ; les seuls trente ans qui ont été comme ça en vingt siècles ! Je n'ose même plus raconter ce que je faisais : ça a un côté démodé et enviable. »

Je réalise soudain que le laps de temps écoulé entre leur première rencontre et ma conception fut assez court. La lune de miel de Charles et Paola eut lieu au mois de septembre 1961 et je suis né, certes prématurément, le 27 juin de l'année suivante, ce qui ne laisse que quelques semaines pour me fabriquer...

Se retrouvant enceinte à la fin de l'année 1961 et s'imaginant assez mal fille-mère, ma mère décide d'un mariage éclair avec Bob, qui sera célébré en janvier 1962 dans la petite mairie de Barneville-la-Bertran, un village sans âme dont seul l'hôtel de ville présente quelque charme, à un kilomètre en contrebas du manoir du Breuil. Ma mère avait pourtant été échaudée par l'échec de son précédent mariage avec Guy Schoeller, mais ses éventuelles réticences furent balayées par la passion qu'elle éprouva, dès le début, pour mon père ; et puis, de toute manière, elle n'aurait jamais pu, par amour pour ses parents, se soustraire à cette régularisation. « Je me suis mariée la seconde fois par tendresse, par réel goût et aussi par sens des responsabilités, à l'égard de mon fils. J'attendais un enfant, Bob était fou de joie à l'idée d'avoir un enfant et ma mère se désolait d'avoir une fille-mère. »

Quelques semaines avant Noël, elle présente son futur mari à ses parents. Les récits qui m'ont été faits de cette première rencontre me donnent le sentiment que, malgré toute la complicité qui la liait à son père, ma mère ressentait une réelle appréhension. Bob était un homme qui venait d'Amérique, dont on ignorait les origines, qui ne parlait que très peu le français, qu'elle avait rencontré tout récemment et dont elle attendait un enfant. Mais mon père possédait ce charme et cette aisance naturelle qui le faisaient immédiatement adopter par les personnes qu'il rencontrait. Les a priori de Pierre et Marie Quoirez se sont bien vite dissipés. Nul doute que ma grand-mère fût séduite par sa finesse d'esprit, son intelligence et son élégance. Rassurée sur les qualités de son futur gendre, elle l'interroge sur son métier de sculpteur. Ma grand-mère s'intéresse à tout, elle s'intéresse donc à l'art, et souhaiterait pouvoir découvrir un jour son travail, voir l'une de ses œuvres, dût-elle aller jusqu'à Montmartre pour visiter son atelier. Mon père, qui ne doit pas s'imaginer le lui refuser, lui promet de lui apporter, lors d'une prochaine rencontre, une de ses créations. Je ne sais le temps qui s'écoula entre ces deux rencontres, mais mon père dut apparemment concevoir, modeler, mouler et cuire en toute hâte une pièce pour sa future belle-mère. Lors du déjeuner suivant, il arrive boulevard Malesherbes avec la fameuse pièce, une petite vasque d'apparence assez simple et de forme commune. Connaissant ma grand-mère, dont l'éducation était toujours parfaite, je l'imagine félicitant mon père, lui faisant cent éloges sur la qualité et la beauté de sa sculpture, visiblement rassurée sur le talent de son nouveau gendre. Mais l'épisode le plus comique survient quelques semaines plus tard, lors de la visite suivante de mon père, lorsqu'il se rend dans la cuisine pour une raison quelconque et découvre que sa petite vasque, si vite et bien exécutée, est maintenant posée à même le sol, pleine d'eau, au pied de la porte du garde-manger. C'était bien involontairement et sûrement par distraction que ma grand-mère avait confié la sculpture à Julia, la gouvernante, qui l'avait aussitôt placée par terre, dûment remplie, près d'une autre gamelle, pour le plus grand bonheur du teckel de mon grand-père. Cette histoire fit rire toute la famille et surtout mon père qui ne se départissait de son humour en aucune circonstance.

Bien que leur mariage ait été organisé à la dernière minute et se soit déroulé dans la plus stricte intimité

– avec Paola et Charles comme témoins et ma tante Suzanne convoquée en toute hâte –, la nouvelle fait assez rapidement le tour des rédactions françaises avant de se répandre dans les capitales européennes puis de franchir l'océan Atlantique, si bien qu'un reportage consacré à cette union finit par passer au journal télévisé d'une chaîne américaine.

Il fallait que le destin eût sérieusement décidé de contrarier les projets de disparition de mon père pour que sa sœur, Mary Jo, soit prévenue un soir de janvier 1962 par un reporter de la presse locale, allume la télévision et tombe sur l'image de son frère Bob, en costume sombre et nœud papillon, se tenant à côté de ma mère et confirmant son mariage avec elle. C'est ce journal télévisé qui a permis à Bob et sa famille de renouer après plus de deux années d'un silence total. Le plus étrange est qu'il les aimait tous passionnément. Chaque visite de Bob à Minneapolis, que ce fût avant ou après son mariage, donnait lieu à une véritable célébration, à des effusions de tendresse et des rassemblements entre frères et sœurs où, immanquablement, comme rituellement, on chantait. J'ai eu l'occasion d'assister à ces réunions et ces chants entonnés en chœur – que tous maîtrisaient parfaitement – donnaient l'image rare d'une unité familiale, celle d'une cohésion totale du clan Westhoff.

Ma mère ne s'est jamais rendue dans le Minnesota parce qu'elle pensait – elle me l'a souvent dit – que les Westhoff étaient des quakers, des traditionalistes pratiquant un catholicisme austère. La famille de mon père, qui s'était certes convertie au catholicisme, n'était ni triste ni rigide mais affectueuse, tendre et spontanée. Mon père avait-il volontairement laissé croire une telle chose pour préserver ce fossé qu'il entendait maintenir entre lui et les siens ? Ma mère avait-elle inventé cela pour me donner une image peu attirante des Westhoff ? Lorsque j'eus douze ou treize ans, j'appris qu'elle redoutait, à tort, que mon père me prenne sous le bras et m'emmène de force aux États-Unis pour ne plus me laisser revenir. Cela ne ressemblait pourtant ni à l'un ni à l'autre ; ni à mon père de devenir subitement un kidnappeur, ni à ma mère de porter un jugement aussi peu nuancé sur l'homme qu'elle aimait et avec lequel elle avait vécu si tendrement. Aujourd'hui encore, j'avoue ne pas comprendre les raisons de cet emportement.

Après leur mariage, mon père, qui habite encore Montmartre où il continue de sculpter tous les jours, vient rejoindre ma mère à son domicile du 28 boulevard des Invalides, dans le VIIe arrondissement, puis rue de Martignac, dans l'appartement où elle a emménagé peu avant ma naissance.

Mon père acquit rapidement la réputation d'être bien partout où il se trouvait et avec n'importe qui. C'était un véritable poisson – après tout, il était né un 3 mars – qui n'avait que faire des modèles sociaux, des origines, des conventions et des rangs, si bien qu'il côtoyait et s'entendait avec absolument tous les gens qu'il rencontrait. Jamais je ne l'ai entendu se plaindre du froid, de la pluie, d'un restaurant ou d'un film – je l'avais emmené un jour dans une petite salle derrière la place de l'Odéon à la projection d'une heure trente de cartoons de Bip Bip et Coyotte, et je me souviens qu'il avait ri plus que moi.

Ma mère et lui ne se quittent plus le jour ni la nuit qu'ils prolongent jusqu'à l'aube, le plus souvent chez

Régine, au New Jimmy's, à Montparnasse. Le lieu a l'avantage de ne pas être trop grand, d'avoir un côté intime et de posséder une entrée avec une grande banquette où l'on peut se reposer les mollets et les chevilles lorsqu'on a trop dansé le jerk ou le cha-cha-cha, ou s'asseoir pour bavarder autour d'un verre sans que la musique de la salle voisine couvre la conversation. Deux choses désolaient d'ailleurs ma mère concernant les boîtes de nuit actuelles : le fait que les gens ne dansent plus à deux mais seuls, ce qui, disait-elle, est navrant – ce en quoi elle n'avait pas tout à fait tort – et le fait que la musique soit aujourd'hui si forte que toute conversation est désormais impossible – et là non plus elle n'avait pas tout à fait tort. La nuit permet d'avoir des conversations plus libres avec les gens qui n'ont plus l'esprit occupé par leurs obligations, leurs horaires, leurs soucis. La nuit favorise l'écoute, l'attention à l'autre. « Les noctambules, disait-elle, à un moment ou à un autre, se mettent toujours à parler, à craquer... Ce n'est pas la peine de poser de questions : ils craquent sur leur histoire, ils ont envie d'expliquer, de raconter ou simplement, parfois, d'être gais. La nuit est peuplée d'inconnus qui parlent et souvent ne savent pas qui je suis. C'est délicieux ou c'est pénible, mais c'est toujours fascinant. » La nuit favorise aussi l'imagination, on se réinvente une vie. Ma mère aimait ces mythomanes de la nuit. Les mythomanes sont des gens le plus souvent charmants, disait-elle, car ce sont des gens forcément poétiques puisqu'ils doivent trouver tous les moyens d'embellir l'existence. Elle aimait le mensonge de ceux qui inventaient pour se rendre plus forts, plus grands, plus romanesques, parce que ce mensonge-là implique un minimum d'imagination et qu'elle aimait l'imagination. Et puis ces gens mentent pour plaire, et lorsqu'on veut plaire on est toujours charmant. Ma mère préférait cent fois que quelqu'un lui raconte une histoire incroyable mais fausse, plutôt qu'un récit banal, ennuyeux, mais plein de vérité. Elle aimait le mensonge du rêveur. En revanche elle détestait le mensonge du lâche, celui dont on se sert pour blesser.

La petite entrée du New Jimmy's, par laquelle passaient nécessairement tous les arrivants et tous les partants, m'a été décrite par mes parents comme un lieu incomparablement drôle et animé. On y voyait les couples se rencontrer, on y assistait à des ruptures, on y entendait les conversations les plus abracadabrantes et parfois les esprits s'enflammaient au point de déclencher une bagarre générale. En ce début des années 1960, il n'était pas si rare que les hommes en viennent aux mains, le plus souvent pour des histoires de jalousie idiotes. Ils se battaient à coups de poing et j'imagine qu'ils devaient aussi se jeter des chaises et des verres à la figure. D'après ma mère, Bob savait se battre, ce qui dans mon esprit se traduisait instantanément par l'image de mon père se bagarrant dans un saloon avec des hommes portant de grands chapeaux. Il y avait chez lui un côté cowboy qui apportait parfois un parfum de western dans ce club à la mode. Mes parents ont dû passer des soirées très agitées et très amusantes. Je crois que ce qu'ils aimaient le plus, outre le fait de danser, parler, se disputer, prendre du temps ensemble, c'était ce partage de grands moments de liberté, d'échanges et d'insouciance.

À la fin, la grossesse de ma mère devient difficile et contraignante. Son médecin va lui ordonner, à elle qui n'a jamais cessé de bouger et de faire la fête, de passer les trois derniers mois en position allongée.

Après ma naissance, pour des raisons que je pense liées à la commodité, ma mère s'est installée pour quelques semaines avec mon père chez ses parents, au 167 boulevard Malesherbes. Ma grand-mère avait une adoration pour les enfants, surtout pour les tout-petits, et elle dut être ravie de pouvoir pouponner. Pendant qu'elle me cajolait, me nourrissait et me berçait, mes parents qui, il est vrai, n'avaient qu'une trentaine d'années, continuaient de faire la nouba chez Régine. Et c'est ainsi qu'une nuit mon père rentra boulevard Malesherbes avec un énorme coquard. Sans doute insensibilisé par le sommeil ou un peu grisé par l'alcool, il alla se coucher sans se soigner et s'endormit aussitôt, oubliant son œil redessiné. Le lendemain matin, Julia, la gouvernante de ma grand-mère, qui apportait le petit-déjeuner de mes parents dans leur chambre eut un tel choc en voyant mon père ainsi marqué qu'elle s'évanouit. Son plateau tomba à terre, renversant immanquablement le café, le jus de fruits, les tartines et tout ce qui s'y trouvait. Nul doute que pour Julia, originaire d'un petit village de quelques âmes perdu dans les causses du Lot, la vision de Bob ce matin-là avec son œil au beurre noir vînt confirmer que ce grand Américain sortait bel et bien du Far West.

Je n'ai bien sûr pas de souvenir de ce coquard de mon père, ni d'aucun autre d'ailleurs. J'imagine qu'il a décidé ce jour-là de prendre son rôle de modèle plus au sérieux et d'éviter désormais les coups trop directs au visage. Aussi loin que je puisse aller chercher dans ma mémoire, me revient l'image d'un père attentif, présent et placide. Je garde de lui le souvenir d'un homme d'humeur égale et plein d'humour. Un homme passionné de musique et de voyages. Un homme que n'intéressaient ni l'argent, ni le pouvoir, ni le travail. Concernant l'argent, son indifférence atteignait un tel degré d'abnégation qu'elle reflétait pour moi, et contrairement à ce que pourraient laisser croire les apparences, un tempérament volontaire et courageux. Je découvrirais bien tard que, sous cette couverture aussi sympathique que charmante, il cachait depuis longtemps une dépendance à l'alcool. Si je n'y attachais pas une réelle importance – après tout c'était son choix de vie et il l'avait clairement fait valoir en refusant de se soigner à de nombreuses reprises –, cette dépendance prit brusquement un tour plus effrayant lorsque, un jour, je le vis tituber. Je fus alors, et de manière brutale, frappé par sa vulnérabilité. Je voyais soudain que ses années de fête l'avaient rendu fragile, que cette fragilité était devenue apparente et que, si elle me sautait aux yeux comme elle venait de le faire, elle devait l'être aussi pour les autres. Et cette idée que mon père pût se mettre en danger, ne serait-ce qu'en étant la cible de railleries, qu'il pût se retrouver à la merci d'un autre, m'était insupportable.

C'est peu après ma naissance, en 1963, qu'on lui proposa de redevenir mannequin et de se faire photographier pour une nouvelle ligne de vêtements en compagnie d'une jeune femme lors d'une traversée du dernier paquebot sorti des chantiers de l'Atlantique, le *France*. Durant les trois jours que dura le voyage, le bateau fut pris dans une tempête, ce qui fit que la quasi-totalité des voyageurs et, selon les dires de mon père, une bonne partie de l'équipage, furent obligés d'aller se réfugier dans les cabines, quand ce ne fut pas dans les salles de bains. Mon père, qui n'avait pas le mal de mer, se retrouva ainsi seul, presque maître à bord de cet immense navire. Ce voyage et le reportage photo qui en fut tiré, que je ne vis d'ailleurs jamais, révéla que sa partenaire, une jeune mannequin russe nommée Kira, venait elle aussi d'avoir un petit garçon, alors âgé de quelques mois, qui s'appelait Jean-Baptiste. Par le plus grand des hasards, j'ai rencontré ce Jean-Baptiste quelques années plus tard – je devais avoir huit ou neuf ans – à l'École bilingue et nous sommes depuis les meilleurs amis du monde.

9

Si je joins à mes propres souvenirs quelques témoignages, c'est avenue de Suffren que nous avons connu, ma mère, mon père et moi, notre vraie vie de famille. Une vie de famille que mes parents avaient résolument choisi de partager après avoir tout aussi résolument divorcé quelque temps plus tôt. L'arrivée avenue de Suffren, en 1966, correspond à l'intention de ma mère d'instaurer un rythme de vie plus réglé à la maison. Il y avait désormais un petit garçon auprès d'elle, qui avait besoin d'avoir une chambre, des jouets, des horaires, bref, des repères tangibles pour grandir et s'éveiller. C'est à ce moment qu'arrivent Olivia, la cuisinière, Thereza, la femme de chambre – toutes deux brésiliennes – et Oscar, le chauffeur et maître d'hôtel argentin. À ce moment aussi que, en plus de Minou, le gros chat roux qui occupe déjà les lieux, ma mère, dont Youki doit toujours beaucoup occuper les pensées, choisit d'adopter, à l'initiative de son amie Elke, le bébé berger allemand, Werther. Forte de sa nouvelle organisation, ma mère peut désormais prendre son premier thé de la journée à midi sans avoir à nourrir d'inquiétudes sur le déroulement de mon déjeuner, que je partage d'ailleurs le plus souvent avec mon père. L'appartement est à l'image de mes parents. Facile à vivre, bien tenu, vivant, il s'y passe toujours quelque chose de gai et de coloré, à l'image des grands bouquets de fleurs coupées qui occupent différents endroits de la maison. Thereza et Oscar vont se révéler des personnes sympathiques, dévouées et attentives. Je goûte dès le plus jeune âge à la *feijoada*, le plat national brésilien, la *farofa* que prépare Olivia – une semoule de manioc frite à laquelle on ajoute de petits morceaux de saucisse, des œufs et des épices. Thereza s'occupe de mes affaires et Oscar, ou mon père, me conduisent à l'école. Bien qu'à six ans la notion d'« idéal » soit encore bien abstraite, je peux dire aujourd'hui que c'est bien le terme qui convient à cette existence de petit garçon.

Je me souviens de cette fois où Werther, mon père, moi et nos valises avons quitté Équemauville pour rentrer à Paris au milieu d'une nuit pluvieuse. Nous roulions avec la petite Ferrari 250 California – je dis « petite » parce que c'était un modèle SW, un cabriolet « châssis court » de deux places et que l'espace y était si restreint que Werther avait dû voyager sur mes genoux. Cette Ferrari est une voiture qui, cinquante ans après, a gardé une ligne et une élégance splendides, et les collectionneurs fortunés se l'arrachent lors des ventes de voitures anciennes pour des montants extravagants. Celle de ma mère fut d'ailleurs retrouvée, et en bien mauvais état – elle avait ensuite appartenu à un producteur de cinéma qui ne s'en était pas occupé –, puis entièrement restaurée et cédée lors d'une vente à Genève dans les années 1990 où, du fait de son « pedigree Sagan », elle a crevé un plafond aux enchères. Son beau moteur V12, fragile et capricieux comme pouvait l'être celui des Ferrari de l'époque, se faisait régulièrement tirer l'oreille. Qu'il y ait des embouteillages et la voiture se mettait à chauffer ; qu'il fasse trop froid ou trop humide et elle refusait simplement de démarrer. Ma mère avait acquis ce spider après sa dernière Jaguar Type E grise en 1965 ou 1966, et entretenait des rapports passionnels, parfois même orageux avec elle. Cette voiture était si docile et tellement grisante à conduire que ma mère prétendait que c'était elle qui vous emmenait où vous le souhaitiez et qu'après l'avoir conduite vous en ressortiez toujours un peu décoiffé mais aussi d'excellente humeur. Son seul défaut était qu'il fallait s'échiner quelquefois plus d'une heure pour parvenir à fermer la capote, et c'était ce qui exaspérait le plus ma mère. Si bien qu'un jour, lassée, elle finit par la donner à l'un de ses amis. J'ai revu la petite California dans Paris, quelques années plus tard. Elle avait revêtu une robe noire qui était d'ailleurs, ce jour-là, maculée de poussière, mais j'ai reconnu tout de suite sa sonorité si particulière, à la tonalité radieuse et épurée comme le sont souvent les beautés venues d'Italie.

Il pleuvait donc à verse sur la nationale 13 qui nous ramenait vers Paris – l'autoroute de Normandie n'existait pas encore – et la petite Ferrari devait avaler des flaques et encore des flaques, du vent et de la pluie, et cela finit par tellement lui déplaire qu'une fois arrivée en vue d'Évreux, elle se mit à grogner, à tousser et s'arrêta pour de bon. Alors que l'averse redoublait et que nous étions seuls dans l'obscurité au beau milieu de la campagne normande, mon père parvint à pousser la voiture jusqu'à un bas-côté, prit le chien d'une main, les bagages et moi de l'autre, et réussit à nous faire gagner, je ne sais plus par quel miracle, une chambre d'hôtel du centre-ville où nous dormîmes jusqu'au petit matin. Ce sauvetage des eaux est un des souvenirs qui m'ont marqué. De l'âge de cinq ou six ans, il ne me reste que deux ou trois choses en mémoire – dont celle-ci – mêlées à quelques images furtives à propos desquelles je me demande bien pourquoi elles sont toujours là.

À six ans, je suis loin d'imaginer qu'un parfum un peu aigre flotte depuis quelque temps entre mon père et ma mère. Mes parents mènent une vie de patachon, ils se couchent et se lèvent très tard. La vie de ma mère est animée par sa passion d'écrire, par tous les projets déclenchés par la publication de ses livres et à l'époque ils sont très nombreux : elle ne passe pas une journée sans rencontrer un agent, parler avec l'un de ses éditeurs, évoquer une adaptation de l'un de ses romans, répondre à une interview. Mon père, s'il partage toujours avec elle un penchant pour la fête, son occupation de sculpteur est loin de susciter chez lui le même entrain que lorsqu'il vivait seul et il délaisse doucement la sculpture au profit d'une indolence croissante. Depuis qu'il a rencontré ma mère, il s'est éloigné de son métier – à sa décharge, ayant fait le choix de vivre avec ma mère, il a dû renoncer à l'atelier de Montmartre.

C'est probablement en raison de cette douce inertie, du fait de son inconsistance, de son manque de sens des responsabilités – qui vont d'ailleurs de pair avec tout ce qui fait son charme, c'est-à-dire son indépendance et son désintérêt pour les choses matérielles – et à cause de cette inextinguible dépendance à l'alcool, que ma mère va nourrir un agacement croissant à son égard. Durant cette période mon père doit se sentir plus observé qu'auparavant et, de fait, semble redoubler, accidentellement ou volontairement, de gaffes, d'oublis et de négligences. Ainsi, lorsqu'ils rentrent d'un week-end au cours duquel ils ont dû louer une voiture parce que la leur était en panne, et que ma mère lui demande le lundi matin d'aller rendre la voiture à l'agence de location, un lent processus d'autodésintégration se met en marche. Pour des motifs que seul mon père connaît, il va tout faire, prétextant mille et une raisons, pour se soustraire à cette demande, ne pas reconduire la voiture, laissant la note de la location grossir et grossir encore pour rien. Ma mère avait beau adorer mon père, elle fut exaspérée par cet incident qu'elle me relata, laissant transparaître son agacement.

Je crois que c'est à cette période que, grâce à sa maîtrise désormais parfaite du français, mon père se lance dans la traduction littéraire. Il partage la vie de ma mère, un écrivain célèbre dont chaque roman est traduit en plus de dix-huit langues, dont l'anglais, sa langue natale. La maison d'édition américaine Penguin Books lui commande la traduction de *La Chamade* qui paraît aux États-Unis en 1966 et du *Garde du cœur* qui sera publié deux ans plus tard. De ces deux versions en langue anglaise on dira qu'elles sont parfaites pour un traducteur dont c'étaient les tout premiers travaux. Jean Dubuffet, qui est un ami de François Gibault, lui confie quelques années après la traduction d'un très gros ouvrage que l'artiste a lui-même rédigé et sur lequel mon père piétine des mois, ne voyant pas le bout d'un travail qui lui cause les plus grandes difficultés. Nous avions passé tous les deux quinze jours en Normandie au moment de Pâques, durant lesquels je faisais des tours de vélo et jouais au ballon avec le chien tandis qu'il s'arrachait littéralement les cheveux dans la grande pièce de la maison, où il avait installé sa Remington électrique à boule. Je devais avoir quatorze ans et je garde toujours cette image de lui, assis à la table qui servait aux grands dîners de l'été, la tête dans les mains, ayant sombré dans une sorte de désespoir profond et inextricable. Cet ouvrage massif, me disait-il, était un véritable cauchemar, redoutable enchevêtrement de théories abstraites et de termes techniques abscons auxquels personne ne comprendrait de toute façon jamais rien.

Ma mère fit aussi tout ce qu'elle put pour que mon père travaille. Lui ayant offert une vie facile, drôle et insouciante depuis bientôt sept ans, et sachant qu'il n'était pas pourvu des qualités d'un grand travailleur, elle se doutait que cela ne serait pas facile. Elle lui trouva néanmoins un poste de rédacteur-concepteur chez Publicis, une grande agence de publicité dont les bureaux se trouvaient en haut des Champs-Élysées. Ce job était a priori idéal pour mon père qui ne manquait jamais d'idées originales ni d'humour, et qui adorait manier la langue française et ses subtilités. Au cours d'une réunion où tout le monde s'échinait à trouver un mot qui évoquerait la fraîcheur et la nouveauté pour un nouveau yaourt, mon père se serait subitement écrié : « Yoplait ! » J'ai toujours cru, et suis encore convaincu, que c'est bien lui qui a découvert ce nom aujourd'hui si célèbre. Il a également suggéré, quelque temps plus tard, l'idée d'une gamme de pansements à la teinte foncée, et donc plus discrets, à l'intention des gens de couleur. Une idée qui n'eut pas de suite, à son grand regret.

Au fil des semaines, ses apparitions dans les bureaux de Publicis se font de plus en plus rares à mesure qu'il investit le café en bas de l'agence. Il doit apprécier d'y trouver de nouvelles têtes chaque jour, une atmosphère moins hiérarchisée, des conversations plus pittoresques, une humanité plus insouciante qui lui ressemble davantage. La relation de mon père à l'alcool commence à alarmer ma mère. Elle n'y voit pas tant la cause de ses sottises répétées qu'un très mauvais présage pour son avenir d'homme élégant, distingué et cultivé. Impuissante, elle regarde Bob, son compagnon depuis huit ans et le père de son fils, s'enfoncer dans une forme de destruction accélérée. Elle parvient à le convaincre de se faire soigner et, aux grands maux les grands remèdes, mon père subit une intervention chirurgicale consistant en la pose d'un implant sur l'estomac, une sorte de médicament permanent qui provoque nausées et vomissements à la première goutte d'alcool absorbée. Et preuve en est absolument faite car, quelques jours seulement après son opération, mon père retourne gaillardement à la clinique et demande au chirurgien qui l'a opéré de retirer séance tenante ce corps étranger qui lui rend la vie si saumâtre. Certainement que ce nouveau renoncement de mon père, auquel personne ne peut rien, accroît encore le désarroi de ma mère, d'autant que d'autres tentatives de cures avaient déjà échoué.

Ma mère et moi n'avons sérieusement abordé l'addiction à l'alcool de mon père que beaucoup plus tard. Toutes les personnes de son entourage étaient informées de son état, mais toutes devaient confesser leur impuissance à le convaincre de se soigner. Mon père savait faire preuve d'une résolution et d'une détermination infaillibles lorsqu'on tentait d'intervenir dans ses choix ou que l'on menaçait ses libertés. Et cela faisait longtemps qu'il avait très poliment envoyé au bain tous les conseilleurs, moralisateurs, et jusqu'aux plus bienveillants comme François Gibault, et même ma mère. Tous étaient reconduits dans leur camp d'observateurs impuissants.

Lorsque la tension entre eux devient trop insupportable, mes parents, ayant tous deux en horreur les « scènes », préfèrent fuir plutôt que s'affronter. Mon père prend quelques vêtements, un nécessaire de toilette et va s'installer rue Monsieur, chez son ami François Gibault, le temps que les vilains nuages se dissipent. Ces absences – qui n'étaient jamais très longues – n'ont jamais été aussi douloureuses que tout le monde veut bien le penser ; dans mon souvenir, mon père, qui m'appelait « fiston », a toujours été une présence réconfortante. C'était un papa qui s'occupait de moi, soucieux de son rôle de père et d'éducateur. Son grand attachement à la langue française fit qu'il tint, dès que j'eus cinq ou six ans, à me former à des exercices d'écriture, d'orthographe et de grammaire. Il montrait alors une attention, une rigueur et une patience exemplaires à ce que je fisse mes devoirs de classe correctement. Aimant aussi passionnément la musique, il m'a fait découvrir un grand nombre d'œuvres classiques. Je lui dois d'ailleurs d'avoir traversé une période d'effroi dont il n'a jamais rien su. Il me fit écouter une fois, puis une autre, puis encore une autre, *Pierre et le Loup*, de Sergueï Prokofiev, devenu aujourd'hui un classique du genre – il s'agissait de faire découvrir aux jeunes les principaux instruments d'un orchestre symphonique. Dans ce conte musical, chaque personnage, associé à un tempérament qui lui est propre, est attaché à un instrument : l'oiseau et son agilité à la flûte traversière, le chat et son espièglerie à la clarinette, etc. Outre les sonorités graves de certains cuivres, celles dramatiques des percussions – qui s'enflamment à la fin du conte, à l'arrivée des chasseurs – et celles de la clarinette qui me glaçaient le sang, je redoutais le moment où le loup avale tout rond le canard – j'avais déjà eu une expérience sinistre du loup, chez mes grands-parents, avec *La Chèvre de monsieur Seguin* que Julia me lisait le soir avant de m'endormir. Mon éducation musicale, que se partageaient mes parents, fut donc liée à la crainte : peur du loup avec mon père, peur de notre professeur de solfège avec ma mère – nous prenions tous les deux des cours de piano, d'un ennui terrifiant, qui furent d'ailleurs assez rapidement abandonnés.

En 1969, ma mère et moi avons quitté l'avenue de Suffren pour aller nous installer dans le XVIe arrondissement, rue Henri-Heine, dans une haute et étroite maison particulière avec jardin privatif. Mes parents vécurent leur seconde fausse séparation. Après avoir divorcé en 1962 et poursuivi leur vie commune, ils n'allaient plus vivre sous le même toit mais poursuivraient leur relation amoureuse. Mon père et ma mère, de leur aveu, allaient ainsi demeurer amants très longtemps après cette seconde rupture.

Mon père et moi allions désormais nous voir à des moments choisis, privilégiés. Nous avons rapidement décidé de nos rendez-vous hebdomadaires : à l'époque, les écoliers étaient libres le jeudi, ce serait donc le mercredi soir ou le jeudi pour déjeuner, et ce serait parfois aussi le week-end. Chaque sortie avec mon père avait un vrai parfum d'aventure. Il organisait le *transport* – et je trouvais très excitant de prendre un taxi, cela me changeait de monter toujours dans l'Austin avec Oscar – et le repas – il dénichait toujours des lieux originaux. Nous allions par exemple au Western, le restaurant américain de l'hôtel Hilton de l'avenue de Suffren, qui proposait une succulente cuisine des États du sud des États-Unis (Texas, Louisiane et Nouveau-Mexique) à base d'énormes côtes de bœuf marinées, de chilis de haricots rouges et de pains de maïs légèrement sucrés ; nous allions aussi dans un restaurant japonais, un teppanyaki du boulevard Saint-Jacques où le chef découpait puis faisait cuire des morceaux de bœuf, de poulet, de crevettes et de légumes sur une plaque de métal avant de les envoyer directement dans notre assiette. Nous finissions le plus souvent l'après-midi au cinéma avec un film qu'il choisissait toujours avec soin, car je ne me rappelle pas m'être ennuyé ni avoir jamais été transi de terreur sur mon siège. Nos rendez-vous hebdomadaires se répétèrent et devinrent de vrais moments privilégiés. Je grandissais, changeais, m'affirmais, je devenais un homme, et un jour il ne fut plus question que je l'appelle « daddy ». Ce serait désormais « dad », qui correspondait mieux à un jeune homme. Nous parlions assez rarement en anglais. Il ne le souhaitait pas et c'était mieux ainsi parce que je parlais un anglais scolaire, sans ressemblance avec l'anglais réel, celui que l'on entend dans les rues de New York ou dans les films. Il semblait difficile pour mon père de s'exprimer dans sa langue maternelle, à l'image de ce voyage qu'il fit avec ma mère à Manhattan au cours duquel il avait refusé de prononcer le moindre mot d'anglais de tout le séjour. Ce fut elle qui dut parler, et même parler pour lui, obligée de se dépatouiller avec son anglais maladroit pour demander son petit-déjeuner au téléphone le matin et donner les adresses aux chauffeurs de taxi. Bien que cette histoire puisse paraître comique, elle me jura cependant qu'on ne l'y reprendrait plus.

Mon père et moi avons eu nos premières conversations un peu sérieuses vers mes douze ou treize ans, lorsque ma mère recueillit rue Guynemer une ravissante jeune femme d'origine sud-africaine un peu égarée, Françoise Jeanmaire. Sensible, pleine de charme, de naturel, de gaîté et de générosité, Françoise était convoitée par un grand nombre de garçons dont certains, comme Bernard Frank ou Jacques Delahaye, étaient des connaissances de ma mère. Françoise Jeanmaire a ainsi collectionné les aventures, les « petits copains » comme j'entendais dire, et, si je mets de côté Bernard Frank, la malheureuse rencontrait et s'amourachait le plus souvent des garçons les moins recommandables. C'est en se laissant entraîner par l'associé et le patron du frère de ma mère, Albert Debarge, qui dirigeait à l'époque un très important laboratoire pharmaceutique, qu'elle aurait été initiée aux substances toxiques que l'on imagine ; aussi puissant et cynique qu'elle était aimante et perdue, il l'entraîna là où il voulut. Alors qu'elle amorçait la pente la plus dangereuse, ma mère vint l'extirper des griffes de cet homme. Françoise vint donc habiter chez nous, rue Guynemer, en face du Luxembourg.

Ma mère veilla à la protéger mais elle ne put rien lorsque Françoise tomba éperdument amoureuse d'un jeune homme, lui aussi toxicomane, qui fit une nuit une overdose dans les toilettes d'un célèbre cabaret parisien. La mort de ce garçon, qui eut lieu alors que le spectacle sur scène battait son plein, sema un tel trouble et une telle panique chez les propriétaires du cabaret qu'il fut décidé de sortir le corps des toilettes et de le porter, allongé, en triomphe à travers la salle dans un numéro de danse improvisé pour éviter de répandre la panique dans le public. Mais lorsque à cinq heures du matin Françoise Jeanmaire apprit la nouvelle, elle avala une grande quantité d'hypnotiques et tomba dans un semi-coma. J'ignore comment on s'aperçut à temps de son geste, mais je fus réveillé en sursaut aux lueurs de l'aube par une agitation inhabituelle dans la maison. J'entendais les voix de gens affairés derrière la porte de ma chambre. C'étaient les médecins secouristes et les pompiers qui prenaient soin d'elle. On vint me chercher, on me prit par la main et je fus éloigné de cette partie de l'appartement par Thereza. Les pompiers avaient investi le couloir qui menait au bout de l'appartement que je partageais avec Françoise ; des malles de matériel médical, des bouteilles d'oxygène et un brancard étaient déposés devant sa chambre, et un médecin tentait de la réanimer. Une telle scène, cette proximité avec la mort, aurait dû choquer le jeune enfant d'une dizaine d'années que j'étais alors. Pourtant, privilèges de l'âge et du fait que j'étais un garçon, je crois que je fus plus impressionné par les casques, les tenues de cuir et les équipements des pompiers que par le drame qui se déroulait sous mes yeux.

Françoise Jeanmaire fut sauvée. Après un court séjour à l'hôpital, elle revint chez nous et parvint, au bout de quelques mois, à se sauver toute seule : elle rencontra un riche Anglais dont elle tomba très amoureuse. De ce jour, elle ne toucha plus aux drogues. C'est probablement depuis cet épisode tragique du suicide raté de Françoise Jeanmaire, et au fil de nos rencontres qui suivirent, que je m'aperçus que mon père exécrait tout ce qui touchait aux drogues et aux stupéfiants. Il me mit en garde contre leurs effets et leurs conséquences, et me fit promettre quasi solennellement de ne jamais y toucher en aucune circonstance. Ses avertissements alarmistes et répétés me paraissaient parfois bien injustifiés, d'autant que ces sermons finirent par être lancinants. J'étais étonné de voir avec quelle obstination il y revenait sans cesse, n'ayant lui-même jamais touché à ces produits, à l'exception d'une ou deux fois par inadvertance, dont une lors d'une soirée chez ce Debarge. Le peu qu'il me révéla de cette nuit, où il était accompagné de ma mère, évoquait un « cauchemar » absolu et un terrible sentiment d'impuissance. Mon père considérait, à juste titre, que la drogue provoquait des ravages, affectant les comportements humains, détruisait les amitiés. La drogue avilissait, moralement et physiquement, elle rendait obsessionnel, égoïste et finissait par vous isoler du monde. Il lui était intolérable que Françoise Jeanmaire, une jeune femme aussi belle et pleine de vie, pût devenir un jour une sorte de chiffe molle, malingre, malade, aigrie et coupée des autres. Je pense aussi que mon père avait dû parfois souffrir des effets secondaires de l'addiction que ma mère *baladait* depuis son accident ; il avait dû endurer ses brusques écarts d'humeur, ses caprices aussi soudains qu'inexpliqués, des conduites suffisamment étranges que seule une consommation de substances toxiques pouvait expliquer.

Quand, au début des années 1970, mon père s'installe au 3 de la rue Monsieur, dans l'hôtel de Saint-Simon, chez François Gibault, il ne sait pas encore qu'il s'agit d'un déménagement définitif, sans retour vers ma mère. Depuis que mes parents partagent leur vie de jeunes divorcés avenue de Suffren, lorsque les relations entre eux exigent une séparation de quelques jours ou même de quelques heures, François prête à mon père son écoute, son amitié et un espace privé composé d'une chambre, d'un bureau et d'une salle de bains indépendante. La rue Monsieur est un sanctuaire. Au fil des visites, je suppose qu'il découvre en François plus qu'un véritable ami. Ils partagent le goût de la musique, le goût de la peinture, le goût des voyages. Ce sont deux originaux qui savent prendre leurs distances quand il le faut, qui se rejoignent dans leur crainte des conventions, leur générosité, leur humour, leur souci de l'autre, leur humanité. Peut-être est-ce François, qui travaille déjà à l'œuvre de Céline, qui fait découvrir à mon père cet auteur dont il deviendra le biographe officiel.

Dès son arrivée dans ce nouveau quartier, mon père se lie avec tous les voisins, les gens qu'il voit au café – où il passera bientôt une grande partie de son temps. Sociable, intelligent, généreux et facile d'accès, il est tout de suite adopté. Indifférent aux apparences et aux fortunes, il se montre aussi affable et naturel avec les princesses qui habitent les plus beaux hôtels particuliers de sa rue ou avec le roi Norodom Sihanouk auquel il rendit visite au cours d'un voyage officiel en compagnie de François, qu'avec les ouvriers, le gardien d'immeuble ou les gardes républicains logés rue de Babylone – ces « gardes », comme il les appelait, vont d'ailleurs demeurer pour moi, durant une longue période de mon enfance, un vrai mystère : pourquoi fallait-il qu'il y ait des gardes rue de Babylone et qu'y avait-il donc de si précieux à protéger dans cette rue ? – ou les chauffeurs de l'ambassade de Tunisie toute proche. Par tous, il est considéré avec la même déférence, le même égard et la même affection. Combien de fois ai-je entendu : « Votre père était un homme si gentil, si bien élevé et si humain » ? Aussi fus-je extrêmement attristé et choqué par les propos d'un biographe qui prétendit que mon père était « un touriste resté étranger à lui-même, n'occupant aucune place, traversant l'existence sans laisser plus d'empreintes qu'un chat de gouttière ». Mon père avait bien pris une vraie place : celle du cœur, de l'amitié, de l'intelligence et de la générosité.

Une fois mon père définitivement installé rue Monsieur et moi rue Henri-Heine, nous continuons de nous voir et de nous parler de plus en plus. Il me fait partager sa passion pour les œuvres classiques – lyriques surtout –, reconnaissant immédiatement les voix des barytons, ténors et sopranos de la planète dont vous ne soupçonniez pas l'existence la minute d'avant. Il est incollable sur Puccini, Verdi, Wagner, Bellini. Il voue une véritable passion à l'opéra, qu'il a la chance de pouvoir partager avec son ami François, lequel l'emmène à chacune des représentations de l'Opéra Garnier, puis, plus tard, de l'Opéra Bastille. François introduit mon père dans des cercles de mélomanes très fermés qui construisent une vraie vie autour de la musique. Ils organisent des escapades pour se rendre à une représentation de *Don Giovanni* à Vienne ou pour écouter Plácido Domingo ou Luciano Pavarotti à Londres ou Milan, et mon père est toujours du voyage. Très vite, son goût et la finesse de son oreille font de lui la référence musicale absolue du groupe. Lorsque, à l'entracte ou après le spectacle, on s'interroge sur le nouveau soliste – est-ce un baryton ou un ténor ? – ou sur le nombre de violons, immanquablement quelqu'un dit : « Allons voir Bob, il saura ! » Et mon père ne manque jamais de répondre, sans la moindre hésitation, à toutes les questions et d'ajouter que, ce soir-là, la clarinette basse n'était pas tout à fait juste…

Lorsqu'il me prit par la main et m'emmena pour la première fois à l'Opéra Garnier voir *La Bohème* de Puccini, je devais avoir quatorze ans. J'étais bien sûr heureux et je me sentais très flatté. J'imaginais la salle de l'Opéra comme un lieu à part, sombre et réservé à quelques initiés, où se jouait chaque soir, sous des yeux aiguisés et des oreilles qui devaient l'être tout autant, une sorte de liturgie mystérieuse composée de mille sons, mille costumes et mille lumières. Et je fus ravi car tout était là ; tout ce que j'avais imaginé en écoutant plus de cent fois *La Bohème* avec ma mère, dans la Mercedes sur nos fameuses cartouches huit pistes, était absolument conforme à la représentation que j'avais devant moi sur la scène de l'Opéra de Paris. Nous retournerions à Garnier un petit nombre de fois jusqu'à ce que soit décidée l'ouverture de l'Opéra Bastille. Mon père me laissait choisir, Verdi,

Puccini, Gounod, Mozart, Wagner… Je crois que la dernière représentation lyrique que nous ayons vue ensemble fut *La Flûte enchantée* de Mozart dont Bob Wilson avait changé tous les repères classiques de l'adaptation et de la représentation.

Ainsi, vers l'âge de dix-sept ou dix-huit ans, sous l'impulsion de Bob Wilson, de Mozart, du directeur de l'Opéra de Paris et de François Gibault, je commençais à partager les goûts de mon père pour la musique, en même temps que, sous l'impulsion du directeur de mon école qui nous préparait au bac de français, je commençais à partager les goûts de ma mère pour la littérature et à parler de livres avec elle. Et lorsque je dînais avec mon père, je lui demandais son opinion sur les ouvrages que ma mère m'avait proposé de lire, et lorsque je m'entretenais avec ma mère, je lui parlais d'opéra et lui demandais ce qu'elle pensait de telle ou telle pièce.

Au cours de mon année de seconde, au prétexte que de bien mauvais résultats étaient apparus, j'avais demandé à quitter le cours Saint-Sulpice que je fréquentais depuis six ans, pour aller dans une boîte à bachot qui, pensais-je, me garantirait une terminale brillante et une réussite tout aussi brillante à l'examen final. Rendez-vous fut pris entre le directeur de l'école – il s'appelait M. Poulain et ressemblait trait pour trait à Henri Flammarion, l'éditeur de ma mère avec lequel elle était fâchée à mort –, et mes parents pour lui annoncer mon départ de son établissement. Lors de ces rendez-vous avec les directeurs d'école, qui se reproduiraient un grand nombre de fois à compter de ce jour-là, ma mère convoquait mon père, le renvoyant brutalement à ses devoirs de père autoritaire et attentif aux notes de son fils. Il ne parlait presque pas et affichait cette mine très perplexe qui devait malgré tout donner au directeur l'impression d'un père plus que soucieux de la scolarité de son fils. Lorsque ma mère me demanda de justifier mes mauvais résultats en français, je répondis que les textes ne me plaisaient pas, que certains auteurs étaient trop barbants. Elle demanda donc à voir la liste des auteurs que nous devions étudier et elle tomba au premier coup d'œil – et par chance – sur *Les Nouveaux Aristocrates* de Michel de Saint-Pierre. J'ignore encore les raisons du dédain de ma mère pour cet écrivain, mais il eut pour effet que je quitte le cours Saint-Sulpice pratiquement sur-le-champ.

10

Mon départ du cours Saint-Sulpice amorce une période trouble du point de vue de mes études. La boîte à bac que j'avais choisie, le cours Charlemagne, réunissait une large majorité de cancres de bonne famille dont les principales préoccupations étaient de sortir et de s'amuser. Or, je ne sais si ce fut une volonté de ma mère ou de mon père, mais curieusement, et contrairement à ce que l'on pourrait penser, je ne suis pas sorti la nuit avant d'avoir atteint ma majorité. J'ai commencé à danser dans les clubs le samedi après-midi – un peu comme le fit ma mère à mon âge à Saint-Germain-des-Prés, à L'Aventure, avenue Victor-Hugo, puis à L'Apoplexie, rue François-Ier – avec tous ces « clampins », comme les appelait ma mère, que je continuerais de croiser des années plus tard dans le Paris de la nuit. Mais je n'ai vraiment découvert ce qu'était une boîte de nuit qu'au mois de juillet 1980, aux côtés de Bernard Frank, lorsqu'il m'emmena au New Jimmy's pour la première fois de ma vie. À l'occasion de mes dix-huit ans, ma mère m'offrit une splendide réception dans notre maison de la rue d'Alésia – qu'elle m'avait entièrement laissée avec tous mes amis – où un grand buffet avait été dressé par un traiteur avec des maîtres d'hôtel en livrée qui nous servaient du champagne sur de grands plateaux. Je fus tellement grisé par ma première vraie soirée d'adulte, que j'abusai trop tôt du champagne et fus malade une bonne partie de la nuit. Quelques jours plus tard, ma mère, qui souhaitait que nous pussions fêter mon anniversaire en tête à tête, m'emmena dîner à La Tour d'Argent. Mon parrain, Jacques Chazot, m'offrit un très beau cahier habillé de cuir, d'époque XIXe ; sur la première page, il avait noté ces quelques mots : « Bon anniversaire mon petit chéri, ta vie commence à dix-huit ans. Parrain » et comme je devais être absent, il avait laissé le cahier sur le piano à mon intention. Bernard Frank était tombé dessus par hasard, avait lu la petite note et avait écrit, sur la deuxième page du cahier : « Bon anniversaire mon petit Denis, la vie ne commence jamais par des lieux communs. Bernard. »

J'ai peu parlé de mon parrain, qui fut un parrain exemplaire. Avant ma naissance, il avait été décidé que Jacques Chazot serait mon père devant Dieu. Comme le voulait la tradition, au cas où quelque chose devait arriver à mon père naturel, je serais donc protégé par ce père spirituel – et cela ne pouvait mieux tomber car Jacques avait beaucoup d'esprit. Outre la tendresse, l'attachement et la profonde amitié qu'il avait pour ma mère, Jacques, qui se disait croyant, prit ce rôle très au sérieux. Peu avant mon baptême, il se rendit chez Boucheron pour m'acheter une chaîne et une médaille à l'effigie de saint Denis. Il fut très surpris lorsque la vendeuse lui proposa un saint décapité. Car saint Denis, qui fut le premier évêque de la capitale en 272, fut bien décapité et dut porter sa tête sous le bras pendant six kilomètres avant de s'écrouler à l'endroit où se trouve aujourd'hui la basilique Saint-Denis. Mon parrain, très embêté, demanda à la vendeuse s'il serait possible, à titre exceptionnel, de recoller la tête sur le tronc du malheureux pour graver la médaille.

Jacques se targuait, à juste titre, d'être un parrain modèle, soucieux de ses devoirs et obligations à mon endroit et devant Dieu. Je n'ai pas passé un anniversaire sans qu'il m'appelle ou m'emmène dîner, le plus souvent chez Lipp, et que, tant que dura mon enfance, nous nous rendions au Nain Bleu, le plus beau magasin de jouets de Paris. Je devais avoir quatre ou cinq ans lorsque, m'a-t-il raconté, j'avais impressionné tous les vendeurs du Nain Bleu en « réparant » un bateau électrique qui était en panne dans un grand bassin aménagé spécialement au premier étage du magasin. Je commençais à avoir un certain nombre de jouets à la maison et mon expérience m'avait appris qu'une panne était le plus souvent le fait d'une batterie installée à l'envers, le signe « plus » à la place du signe « moins ». Aussi loin que je me rappelle, Jacques a toujours tenu à ce que je l'appelle « parrain ». Un jour, je devais avoir seize ou dix-sept ans, et par mégarde je l'ai appelé « Jacques ». Il s'est mis dans une colère affreuse en m'expliquant – preuve de sa délicatesse – qu'il ne supporterait pas qu'il y ait la moindre équivoque lorsque nous déjeunions ou dînions ensemble, chez Lipp ou ailleurs. En aucun cas les gens autour de nous ne devaient pouvoir penser ou même supposer que je pusse être son « gigolo » ou un « minet », et il considérait que, son homosexualité étant connue, l'appeler par son prénom et le tutoyer pouvaient prêter à confusion. J'ai bien tenté de le rassurer en lui disant que l'opinion des autres m'était complètement égale, que les mauvaises langues pouvaient penser cela ou autre chose, cela ne changerait rien au fait que je sois son filleul, que l'affection que nous avions l'un pour l'autre était inattaquable. Rien n'y fit. C'était, ce serait toujours « parrain ».

C'est à partir de mes dix-huit ans que j'ai éprouvé le plus grand sentiment de liberté avec mon père. Je lui confiais mes premières histoires amoureuses, qui tournaient parfois mal, et lui demandais conseil ; je m'enquérais des derniers livres qu'il avait lus, des derniers films qu'il était allé voir. Mon père fut toujours un soutien solide et un conseiller précieux lorsqu'il s'agissait de raccommoder mon cœur, d'ouvrir ou d'égayer mon esprit. Il me fit découvrir un des romans qui m'ont le plus bouleversé, *La Proie des flammes* de William Styron, et je lui en reste infiniment reconnaissant.

Lorsque j'avais fait part à ma mère de cette si délicieuse découverte, elle m'avait dit toute son admiration pour cet auteur. Elle avait d'ailleurs rencontré Styron à Paris à quelques rares occasions et entretenait avec lui une relation assez singulière. Chaque fois qu'ils se croisaient, ils tombaient dans les bras l'un de l'autre, non comme des amants mais comme des amis qui se sont toujours connus, ont toujours tout partagé et ont, de fait, les mêmes réflexes, les mêmes gestes et presque les mêmes mots aux mêmes moments. William Styron, que ma mère me présenta un après-midi de printemps à l'hippodrome d'Auteuil alors qu'il était de passage à Paris, fut saisi d'admiration pour les courses car ce jour marqua une des plus belles victoires de Hasty Flag. De Styron, la préférence de ma mère se portait sur *Un lit de ténèbr*[es] qu'elle considérait comme l'un des plus beaux roman[s] qu'elle ait jamais lu, et contre lequel j'avoue m'être cassé le nez au moins à trois reprises. Par dépit, je m'étais jeté sur *La Marche de nuit* et *Les Confessions de Nat Turner*, mais ils me parurent bien moins bons que *La Proie des flammes*. Sur ma lancée, mon père me conseilla *Le Bruit et la Fureur* de William Faulkner, dont je venais justement de trouver les deux premiers volumes de la Pléiade dans la bibliothèque de ma mère. Je fus emporté par Faulkner avec presque autant de plaisir, et dévorai dans la foulée *Sartoris* et *Sanctuaire* que je plaçai encore plus haut que *Le Bruit et la Fureur*. Après que je leur fis part de mes appréciations, nous tombâmes finalement tous les trois d'accord sur ce classement. Ma mère avait à ce propos des choix souvent différents de ceux couramment admis. Chez Stendhal, par exemple, qui était un de ses auteurs favoris, elle privilégiait *La Chartreuse de Parme*, qu'elle m'engageait à lire avant *Le Rouge et le Noir* qu'elle jugeait secondaire. Chez Hemingway, il fallait que je lise *L'Adieu aux armes* avant *Le Vieil Homme et la Mer* et chez Duras *Les Petits Chevaux de Tarquinia* avant *L'Amant*. Proust avait un traitement particulier. Je devais commencer *La Recherche* par *Albertine disparue* plutôt que par *Du côté de chez Swann*. C'est à l'adolescence, dans le grenier étouffant de chaleur de la maison de bonne-maman à Cajarc, où ma mère passa chaque été jusqu'à ses quatorze ou quinze ans, qu'elle trouva un jour, isolé entre trois ouvrages de Dostoïevski et un de Montaigne, l'un des quatorze volumes de *La Recherche* de Marcel Proust, *Albertine disparue*, celui par lequel elle recommanderait par la suite à quiconque n'arrivait pas à lire Proust de commencer. Avec *Albertine disparue*, disait-elle, on entre directement dans le drame et la péripétie, c'est « la seule fois où Proust donne la voix au hasard et où le hasard se présente sous la forme d'un télégramme : "Mon pauvre ami, notre petite Albertine n'est plus." ». Comme Proust revenait souvent dans nos conversations, et avant même qu'il ait pu m'ennuyer ou me rebuter, je rentrai donc de plain-pied dans *Albertine disparue* avec suffisamment d'a priori pour remettre *Du côté de chez Swann* à plus tard. Je me suis bien emberlificoté dans Proust, m'y suis senti parfois comme dans un manège avec ces moments où les mots et les phrases vous projettent d'une paroi à une autre de votre pensée, mais j'y ai toujours éprouvé un désir, une forme d'expectative qui tenait mon esprit assez impatient et agité pour que je cherche à m'y emberlificoter toujours plus. On pouvait lire Proust dix fois, disait-elle encore, on n'avait jamais lu Proust.

Les volumes de la Pléiade, très rares chez ma mère, avaient pour moi ce côté austère et mystérieux des livres qui ne bougent que rarement de leur place, peut-être, me disais-je enfant, parce qu'ils existent dans un format plus commode à emporter avec soi. Et le fait qu'ils ne bougent pas de leur place dans la bibliothèque de ma mère était d'autant plus admirable qu'il s'y passait un va-et-vient perpétuel de livres. Car il arrivait chaque semaine de grosses enveloppes ou des cartons entiers remplis de la sélection des éditeurs, du choix des journalistes, de traductions diverses. Par exemple, lorsque ma mère recevait dix exemplaires de *La Femme fardée* en version slovaque et dix exemplaires d'*Un profil perdu* en finlandais, il fallait bien leur trouver une place. Ces livres se voyaient relégués sur la toute dernière étagère qui correspondait à celle de l'éternelle solitude. Mais il y avait aussi les livres que ma mère achetait elle-même, ces romans qu'elle partait acheter la nuit, dans sa petite Austin Cooper, à La Hune ou au Drugstore Publicis Saint-Germain, et dont elle rentrait les bras chargés d'immenses sacs remplis à ras bord. Pour en revenir aux volumes de la Pléiade, enfant, j'avais dû en ouvrir un et le refermer aussi vite tant le millier de pages qu'il contenait m'effraya et dut me rappeler les petits missels que nous tenions lorsque ma grand-mère m'emmenait à la messe. J'appris d'ailleurs bien plus tard que les pages de la Pléiade n'étaient autres que du papier bible !

En cette période où je découvrais Faulkner, Fitzgerald, Joyce et bien d'autres, j'allais justement avoir tout le temps de lire : je partis pour Aix-les-Milles, non loin d'Aix-en-Provence, afin d'y faire mon service militaire. Mon père avait appuyé ma mère pour que j'accomplisse cette obligation en France, et ce au plus tôt. Ce serait, disait-il, et employant une de ses expressions favorites, « une bonne chose de faite ». Surtout, il se trouvait infiniment soulagé de savoir que je ne me retrouverais pas dans l'armée américaine. Lui-même ancien militaire aux États-Unis, il devait craindre que son « fiston », du fait que l'Amérique ne fût jamais assez tranquille, ne soit envoyé au Panamá ou à la Grenade. Il y avait toujours un endroit dans le monde où les États-Unis étaient en *bagarre*. Bien que ma mère fût tout sauf une militariste, elle insista beaucoup pour que je fasse mon service national. Elle considérait, alors à mon grand dam, que la conscription était fondamentale pour l'éducation des jeunes hommes. Le service militaire a ceci de particulier, disait-elle, qu'il permet, une seule et unique fois dans sa vie, de rencontrer des gens d'origines, de traditions et de milieux totalement différents du vôtre. C'était, pour beaucoup de jeunes garçons, une occasion de s'ouvrir et de découvrir le monde. Elle estimait que ce mélange forcé de tous ces jeunes, de tous ces genres, de tous ces milieux, de tous ces points de vue ne pouvait qu'ouvrir au monde, forcer la compréhension de l'autre et donc la tolérance. Bien que je n'eusse à l'époque qu'une seule envie, celle de filer et de me faire réformer, je passerais six mois sous les drapeaux au terme desquels je finirais par me faire réformer par un psychiatre. J'étais donc, au regard de l'armée, déclaré mentalement inapte. De retour à Paris, ce devait être en mai, je retrouvai enchanté la capitale et ses premiers parfums d'été. Je suis allé voir mon père qui s'alarma de me voir si tôt. Non qu'il fût ennuyé que je ne fusse pas allé jusqu'au bout, mais pour la même raison et de la même manière que quelques années plus tôt, lorsque j'avais eu de mauvaises notes à l'école, et qu'il s'inquiétait de ce que serait la réaction de ma mère.

Les dix années qui suivirent furent synonymes de moments privilégiés avec mon père. Nous avions le temps de nous voir, j'étais enfin devenu adulte et nous pouvions parler de tout très librement – même s'il garderait toujours cette pudeur qui lui donnait parfois l'air de ne pas écouter lorsque la conversation ne lui plaisait pas ou l'ennuyait, signifiant qu'il fallait parler d'autre chose. À l'époque, je ne mesurais pas encore vraiment l'ampleur de sa passion pour la musique en général et je regrette aujourd'hui que nous n'ayons pas davantage parlé de musique moderne. Il est vrai qu'en la matière nos goûts divergeaient, car il était exclusivement porté sur la musique classique et l'art lyrique, alors que je n'aimais que la soul, le rock, le jazz classique et le jazz rock, surtout, auquel je vouais une adoration aussi nouvelle qu'entière et que j'élevais au rang d'art classique. Sa culture classique à lui était immense, à la mesure de son goût pour la musique, et la mienne devait être misérable, à l'exception bien sûr des œuvres les plus connues de Mozart, de Chopin, de Strauss et quelques autres. Pouvait-on d'ailleurs parler de quelque chose d'aussi intime que ce que procurait la musique ? J'aurais aimé lui faire écouter l'album *Four Corners* des Yellowjackets, *Lyle Mays* de Lyle Mays, *Off Ramp* de Pat Metheny, par exemple, et qu'il se servît de cette prédisposition si grande qui était la sienne pour me dire ce qu'il en pensait vraiment, que ses références classiques fussent confrontées avec ces compositions considérées comme les plus inventives par beaucoup de passionnés de jazz moderne. À l'exception de l'opéra, nous n'avons jamais assisté ensemble à un concert de musique moderne et je me demande bien quelle aurait été sa réaction si je l'avais emmené dans une de ces salles où la musique est si forte et le public parfois si agité.

À partir de 1987 ou 1988, je ne sais plus très bien, sa santé s'est brusquement dégradée. Il commença à se plaindre de ses jambes, rencontra des difficultés pour marcher sur de grandes distances. Ses artères se bouchaient irrémédiablement à cause d'une consommation conjointe d'alcool et de cigarettes qu'il n'avait jamais voulu freiner. Il fut décidé de lui faire un pontage veineux, de contourner cette canalisation bouchée en greffant une autre canalisation par laquelle le sang pourrait circuler. Son opération fut une réussite et mon père retrouva l'usage de ses jambes. Nous sommes allés dîner un soir à Montparnasse, comme nous le faisions si souvent, et alors que nous marchions sur le boulevard pour trouver un taxi, mon père m'a interpellé et m'a dit : « Denis, j'ai piqué un cancer. »

Les analyses réalisées à l'occasion de son opération des jambes avaient révélé la maladie dans la gorge et les intestins. Encore convalescent, il dut commencer un traitement très lourd et contraignant, et de manière presque quotidienne, à l'institut Gustave-Roussy de Villejuif. J'étais accablé qu'il soit obligé d'endurer tout cela, mais plutôt confiant car les choses semblaient prises assez tôt et mon père était entre les meilleures mains. Au début du mois de décembre 1990, il entra à l'hôpital pour une série de nouveaux examens qui allaient durer quelques jours.

Mon père n'allait jamais sortir de l'hôpital. Quelques jours avant Noël, François Gibault et moi avions appris que, finalement, son état ne lui permettait pas de renter chez lui. Je suis donc passé le voir à Villejuif, ce devait être la veille du 24, et je le trouvai dans un état affreux, si affreux en réalité que mes yeux virent une chose et que ma conscience en vit une autre. Mon père était en train de mourir et je ne le perçus pas. Je le refusai, absolument. Je l'ai quitté dans l'après-midi et suis parti pour la province. François, resté auprès de lui, m'a téléphoné dans la soirée pour m'annoncer que mon père était mort.

11

Le début des années 1970 marque l'amorce d'un troisième grand virage dans la vie de ma mère. Une nuit de 1974, elle eut un accident – heureusement sans gravité – avec la Maserati Mistral alors qu'elle roulait à vive allure vers la Normandie sur une route départementale déserte. La voiture a glissé, s'est mise à tournoyer, avant que l'avant gauche ne vienne heurter une glissière à l'endroit exact où, une à deux heures plus tôt, un camion avait eu un accident et laissé une grosse flaque d'huile sur la chaussée. La Maserati fut sérieusement endommagée par le choc, il aurait fallu pour la sauver la passer au marbre. Ma mère ne souhaita pas prendre le risque de conduire une voiture qui pût être désaxée. L'abandon de la Maserati marqua le déclin de la longue histoire d'amour entre ma mère et les voitures de sport. Désormais, son goût la porterait vers de grosses américaines décapotables, plus confortables et silencieuses, et dont les sensations évoquent plus celles d'un bateau que celles d'une voiture de course.

Mais il n'y eut malheureusement pas que la séparation d'avec sa Maserati Mistral, laquelle paraît bien futile au regard du reste. Il y avait eu, deux ans auparavant, la disparition de Paola, sa meilleure amie, sa tendre complice de tant d'années, emportée par un cancer en quelques mois. Il y eut, à peu près au même moment, la séparation douloureuse d'avec Elke que nous ne vîmes pour ainsi dire plus à la maison du jour au lendemain. Si elle repassa encore quelques rares fois, ce n'était plus pareil. Enfin, c'est également à cette période que ma mère commença à s'agacer de payer autant d'impôts. Non qu'elle fût opposée au principe en lui-même, mais elle était révoltée par certaines injustices, certains déséquilibres devenus flagrants depuis l'arrivée de Giscard au pouvoir. À tel point qu'elle songea à quitter la France, à devenir une exilée fiscale et à partir s'installer en Irlande, un pays de nature et de beauté sauvage, un peu éloigné de tout, dont les habitants sont accueillants, aiment faire la fête et se montrent peu soucieux des questions matérielles. L'Irlande était finalement aussi retirée que le Lot et aussi verte que la Normandie. Nous fûmes si près de l'exil à ce moment-là que nous avons réalisé deux longs séjours de repérage sur la côte ouest, près de Killarney, pendant l'été. Ma mère avait loué une grande maison très basse qui donnait sur une longue baie. À l'exception de longues promenades sur la plage déserte, de quelques randonnées à cheval et parties de pêche en rivière, il n'y avait pas grand-chose à faire hormis nous rendre le soir au seul pub du village, à quelques kilomètres de la maison, où nous nous réfugiions près de la cheminée. J'ai encore en mémoire cette odeur si particulière un peu sucrée de tourbe fumée qui dominait la campagne irlandaise. Ma mère n'acheta pas de maison en Irlande et nous ne devînmes jamais exilés fiscaux.

La même année, elle avait commencé à se plaindre de douleurs aiguës et persistantes au ventre. On lui fit de nombreux examens et on découvrit une pancréatite (la douleur est si intense que, dix-sept années plus tard, ma mère fera croire à Peggy Roche, mourante, qu'elle souffre du même mal). Ma mère fut opérée à l'automne et de ce jour, il lui fut formellement interdit de boire ne serait-ce qu'une goutte d'alcool, qu'il s'agît de vin, de whisky ou de toute autre chose, et quelle que fût la quantité consommée. Cette interdiction brutale fit perdre à ma mère un partenaire de fête qu'elle côtoyait depuis suffisamment longtemps pour qu'il soit devenu un vrai compagnon. « L'alcool a toujours été pour moi un bon complice. Et aussi un élément de partage, comme le pain et le sel. » L'alcool peut vous donner un coup de fouet, vous donner un petit élan pour ouvrir une porte vers quelqu'un, il permet d'accélérer la vie et ma mère allait toujours vers ce qui permettait d'aller plus vite. À la maison, nos invités buvaient le plus souvent un whisky sec ou accompagné de glace, qu'il fût trois heures de l'après-midi ou huit heures du soir, qu'ils fussent journalistes, notaires, agents ou médecins.

Je n'ai aucun souvenir de ma mère buvant, pas plus que je ne me la rappelle titubant, proférant des incongruités ou se comportant de manière choquante ou déplacée. Je n'ai même jamais remarqué, au fil de toutes ces années, que l'alcool pût avoir un quelconque effet distordant ou avilissant sur les adultes qui en consommaient et qui m'eût tenu éloigné de lui par crainte de devenir comme eux. Ils étaient souvent gais, riaient facilement et semblaient beaucoup s'amuser, mais n'était-ce pas surtout parce qu'ils étaient spirituels et que l'alcool ne faisait qu'accélérer leur drôlerie ?

Après son opération du pancréas, afin d'aider ma mère à prendre une distance définitive avec l'alcool, on l'envoya dans une sorte de clinique, aux environs de Montlhéry. Cet endroit était dépourvu de tout, sauf de tristesse et d'ennui. Le fait qu'elle dût définitivement arrêter de boire, la disparition de Paola, la mésentente avec Elke, une remise en question plus profonde sur la vie alors qu'elle venait d'avoir quarante ans et qu'elle se demandait si elle pouvait encore plaire, tout cela s'était accumulé très brusquement. À Montlhéry elle se sentit si abandonnée, si triste, que les rares personnes autorisées à lui rendre visite repartaient indignées et inquiètes. Elle dut rester deux ou trois semaines enfermée dans cette clinique comme en prison, cloîtrée, sans téléphone, coupée du monde. Elle avait pour compagnon de pension Michel Polnareff, lui aussi enfermé et probablement pour des raisons similaires. Il y avait, au rez-de-chaussée de la clinique, un salon avec un piano. La nuit, ma mère et lui se retrouvaient dans cette grande pièce pour bavarder, et Polnareff se mettait au piano. Ce fut Marylène Detcherry qui parvint à convaincre tout le monde qu'il fallait à tout prix sortir ma mère de cet endroit, faute de quoi elle serait trop déprimée et ne se remettrait pas.

C'est cette même année, en 1975, que nous quittons la rue Guynemer pour nous installer rue d'Alésia dans le XIVe arrondissement.

12

Outre les toutes premières semaines de ma vie où mes parents s'étaient installés boulevard Malesherbes, me confiant aux bons soins de ma grand-mère pendant qu'ils sortaient faire la nouba, je passai une grande partie de mon enfance et de mon adolescence chez mes grands-parents. Le « boulevard Malesherbes », comme nous l'appelions, était un immense appartement haussmannien où les Quoirez avaient emménagé en 1930. Il était séparé en deux parties distinctes, une partie réception composée d'une entrée – que mes grands-parents appelaient le « vestibule » –, d'un très grand salon à la moquette rouge sombre et aux meubles imposants – que j'étais quasiment le seul à occuper lorsque j'y installais mon circuit 24 –, d'un petit salon où trônait une télévision – que nous n'allumions jamais – et qui servit de chambre et de bureau à ma mère après *Bonjour tristesse* ; c'est dans cette pièce qu'elle reçut les journalistes et fut photographiée, notamment par Jacques Rouchon, de l'autre côté de l'entrée, et d'une grande salle à manger avec véranda qui donnait plein ouest et faisait de cette pièce la seule emplie de lumière où ma grand-mère aimait à venir lire l'après-midi, et laisser le soleil lui chauffer les chevilles. L'autre partie de l'appartement était la partie privative. Celle-ci était étroite, longue et sinueuse, organisée autour d'un long couloir de vingt-trois mètres – que ma mère disait avoir mesuré à force de l'arpenter – et sur lequel j'avais moi-même émis des suppositions sur la distance que Julia, la gouvernante, avait dû y parcourir depuis son entrée au service de la famille, en 1932. (Et j'étais arrivé au résultat incroyable de douze mille cinq cents kilomètres.) Le couloir distribuait les pièces privatives de la maison : un office, une salle d'eau, la chambre de ma grand-mère, une chambre d'enfants – où j'habitais le jeudi et le week-end –, la chambre de mon grand-père, la chambre de Julia et, tout au bout, une grande cuisine.

Pierre et Marie Quoirez se montrèrent toujours d'une extrême tendresse et d'une extraordinaire attention à mon égard, ce qui ne fut pas toujours le cas avec leurs autres petits-enfants. Je pense pourtant que ma grand-mère aimait et aurait pu cajoler tous les enfants de la terre, à l'inverse de mon grand-père qui « avait ses têtes » et savait être dur, injuste et parfois aussi cruel avec ses petits-enfants qu'il l'avait été avec ses deux aînés, Suzanne et Jacques. J'étais le petit-fils préféré. Était-ce parce que j'étais moi-même le fils de leur favorite ? Était-ce parce que j'étais « le der de la der » ? Sachant la vie « dissolue » que menait sa fille, les couchers et les levers à des heures indues et tous ces gens autour d'elle qu'elle devait imaginer infréquentables pour un petit garçon de mon âge, ma grand-mère avait-elle décidé de me protéger ? Quoi qu'il en fût, Pierre et Marie Quoirez ont été des grands-parents merveilleux. Je me suis glissé entre eux et me suis réchauffé de leur présence tout au long de mon enfance. Je profitais largement de leurs attentions, de leur tendresse, de leur humour aussi. Tous deux avaient une grande liberté d'esprit, ce qui voulait dire une certaine tolérance, et beaucoup d'originalité, pour ne pas dire d'excentricité.

Ma grand-mère était raffinée et distraite. On plaisantait souvent son goût pour les chapeaux qu'elle se faisait faire chez la modiste Paulette, à Paris. On a prétendu qu'en juin 1940, alors que la famille avait réussi à quitter la capitale avant l'arrivée des troupes allemandes, elle avait exigé de faire demi-tour, remontant à contre-courant le flot des réfugiés, pour aller rechercher ses chapeaux qu'elle avait oubliés. Je n'ai jamais su si l'anecdote était réelle ou si elle fut inventée pour illustrer l'extrême coquetterie de cette femme qui n'aurait pu imaginer passer la guerre sans ses chapeaux…

Ma grand-mère était aussi très tête en l'air ; comme disait ma mère, « elle avait toujours cinquante personnes sur la tête ». Elle aimait rire et avait un groupe de copines qui, quand j'y repense à présent, étaient toutes plus extravagantes les unes que les autres. Il y avait Marie Faucheran, qu'il fallut un jour rouler dans un tapis persan du salon de mes grands-parents pour la transporter de toute urgence dans un service de psychiatrie parce qu'elle avait menacé mon grand-père avec un revolver. Je me rappelle aussi Odette Scott, de quelques années son aînée, qui devait donc avoir plus de quarante ans au moment de la guerre et prétendait avoir été plusieurs fois décorée pour ses hauts faits de Résistance. Elle se disait l'amie de Winston Churchill et revendiquait d'avoir été l'une des seules femmes ayant intégré les commandos parachutistes. Lors de l'une des missions qu'elle avait accomplies, elle avait été parachutée au-dessus de la France et avait atterri de nuit dans une zone marécageuse truffée d'Allemands. Elle était malgré tout parvenue à tromper leur vigilance en s'immergeant dans un étang où elle était demeurée cachée des heures entières, en respirant par une tige de bambou dont elle maintenait une extrémité hors de l'eau. Son courage, ses actes de bravoure avaient fait d'elle une célébrité reconnue et admirée par la cour d'Angleterre. Elle était devenue une intime du roi George VI et de la princesse héritière Elizabeth. Elle était régulièrement invitée à Buckingham, ce qui l'obligeait à se cloîtrer dans son appartement, tous volets fermés, pour faire croire qu'elle était effectivement partie pour Londres. Au retour de l'un de ces voyages, elle raconta même à ma grand-mère avoir été assise dans le carrosse à côté de la reine lorsque le cortège sortit du palais. Odette, qui se faisait appeler Lady Scott, était toujours très soignée, parfaitement maquillée, impeccablement coiffée ; elle entretenait en outre un accent très *british* qui la protégeait d'éventuelles questions un peu trop précises qu'on aurait pu lui poser sur ce passé héroïque. Un jour, cependant, un ami de mon grand-père vint dîner boulevard Malesherbes accompagné de l'un de ses amis qui avait *vraiment* été pilote dans la RAF et avait fait la bataille d'Angleterre. Lady Scott était présente et elle ignorait que cet homme était un vétéran. Lorsque la conversation vint sur les réseaux de Résistance, elle raconta son histoire de parachutage et de tube de bambou dans l'étang. Mais au fur et à mesure qu'elle livrait son récit, le pilote anglais pâlissait, blêmissait, montrant tous les signes du plus grand effroi jusqu'au moment où sa stupeur se mua en colère et que, ne pouvant en entendre davantage, il se leva de table d'un bond et somma Lady Scott d'interrompre ses balivernes sur-le-champ. Elle se tut, et je crois qu'à compter de ce jour je ne la revis plus chez mes grands-parents.

Mon grand-père, lui, était issu d'une famille d'industriels aisés du nord de la France. Il était né à Béthune le 25 juin 1900 et revendiquait d'être né au XIXe siècle puisque, arguait-il, l'an 0 n'a pas existé. Il pouvait se montrer aussi libre d'esprit, original et provocateur que redoutablement exigeant et partial. On dit que mes grands-parents se rencontrèrent lors d'un mariage à Saint-Germain-en-Laye au lendemain de la Première Guerre mondiale, et que l'élan qui porta mon grand-père vers cette petite Marie arrivant du Lot fut tel qu'il enfourcha sa moto dans les jours qui suivirent pour lui rendre visite à Cajarc, faisant la route d'une traite depuis Béthune. J'eus la chance d'être le petit garçon choyé et attendu chaque jeudi, le week-end et au mois d'août – que je passais à Seuzac, dans le Lot, avec ma grand-mère. Le boulevard Malesherbes était un sanctuaire où j'accumulai un monceau de souvenirs faits d'attention, de tendresse et d'humour. Un véritable trésor qui, peut-être, me protège encore aujourd'hui et m'a permis de tenir durant les deux années que dura l'épreuve de la succession. Qui sait si ce ne sont pas Pierre et Marie Quoirez qui ont sauvé l'héritage de leur fille par mon intermédiaire !

Boulevard Malesherbes, il y avait aussi Julia Lafon que nous aimions tous, une jeune fille née dans un village perdu des causses du Lot et qui avait été recueillie par mes grands-parents avant de devenir leur gouvernante. Ce fut Julia qui éleva Suzanne, Jacques et Françoise, et s'occupa ensuite si bien de moi. J'ai des souvenirs d'enfant où, aux tout premiers signes de la grippe – que j'attrapais immanquablement chaque hiver –, Oscar me mettait dans la voiture et me conduisait boulevard Malesherbes où, bien que fiévreux, mes grands-parents, ma grand-mère surtout, m'attendaient comme le messie. On m'administrait alors un traitement à base de bouillons de légumes, d'infusions de thym, d'applications de camphre et d'une attention toute cardinale à la courbe de ma température.

J'avais converti la desserte à roulettes de mes grands-parents, normalement censée servir à apporter les assiettes et les plats de la cuisine à la salle à manger, en carriole infernale sur laquelle j'avais fixé un drapeau de la Croix-Rouge que j'avais confectionné. Je sanglais mon ours en peluche préféré avec des serviettes de table et m'élançais en cavalant du plus vite que je pouvais – en hululant bien sûr comme la sirène d'une ambulance – jusqu'à la cuisine pour remettre l'ours entre les mains du prétendu chirurgien. Il y avait un grand virage, qui commençait après l'office et se terminait devant la porte de la chambre de ma grand-mère ; il se révélait parfois fatal pour ma trajectoire, les roues de la desserte heurtant les plinthes, et pour l'ours qui, malgré ses attaches, se retrouvait projeté au sol.

Mon grand-père était un original qui n'avait peur de rien. Ni de l'argent, ni du pouvoir, ni des hommes – pour lesquels il montrait le plus souvent peu de considération –, ni de l'opinion que l'on pouvait avoir de lui. Bien qu'il ne fût ni démonstratif ni expansif

– c'est maintenant et résolument un trait propre à tous les membres de notre famille –, il portait à sa benjamine, Françoise, une affection située bien au-delà de celle qu'il réservait à son aînée, Suzanne, et à son fils, Jacques – avec lequel il faisait parfois preuve d'une trop grande sévérité. À Kiki, il passait tout, et ce depuis la plus lointaine enfance ; il l'autorisait, privilège unique, à le tutoyer. Après le succès de *Bonjour tristesse* vinrent se mêler à cette complicité tendre de l'admiration et une certaine fierté. Un biographe a raconté que Pierre Quoirez avait refusé à sa fille le droit d'utiliser son nom pour publier son roman. Cette affirmation n'est qu'une parmi d'autres tout aussi consternantes de ce même biographe. Mon grand-père me semblait bien incapable d'un tel autoritarisme sur sa fille. Par ailleurs, Pierre Quoirez n'avait pas cette mentalité de « bourgeois de province » et il était bien la dernière personne au monde qui se souciât du qu'en-dira-t-on. Comme je l'ai déjà dit, il n'avait peur de rien ni de personne. C'était un original qui savait être très spirituel. En lisant de telles allégations à son propos, comme celle selon laquelle il aurait demandé à sa fille d'accoucher sous X, il aurait, je pense, simplement giflé en public et sorti de chez lui avec le plus grand fracas l'auteur de ces calomnies. J'apprendrais par la suite de la bouche de ma mère, et cela me serait confirmé par d'autres témoignages, que ce changement de nom fut le fait de René Julliard lui-même qui téléphona un jour à ma mère pour lui faire part de son embarras à apposer le nom de Quoirez sur la couverture. Il craignait que le manque d'éclat de ce patronyme à consonance un peu ingrate pût desservir le livre. « N'auriez-vous pas un autre nom à me proposer ? » lui avait-il demandé. Ma mère, qui était alors allongée, un volume d'*À la recherche du temps perdu* entre les mains, et lisait un passage qui évoquait le prince de Sagan, répondit aussitôt : « Que diriez-vous de Sagan ? » C'est ainsi que Françoise Quoirez devint Françoise Sagan.

Mon grand-père se montrait parfois aussi original qu'imprévu. Un jour qu'il rentrait plus tard que d'habitude de son travail et qu'il était attendu pour dîner chez lui avec de nombreux invités, il se trompe d'étage et sonne chez les gens du dessous. On lui ouvre la porte, il se dirige vers la salle à manger en parodiant le cavalier sur son cheval et en répétant : « J'arrive au galop, au galop, au galop… », puis, réalisant soudainement sa méprise, repart vers la porte en répétant : « Je repars au galop, au galop, au galop… » Un autre jour, un journaliste avec qui ma mère avait dû se lier d'amitié vint la chercher boulevard Malesherbes pour l'emmener dîner. Il tombe alors sur mon grand-père à qui il demande, comme cela devait se faire à l'époque : « Monsieur, permettez-vous que j'enlève votre fille pour le dîner ? » Et mon grand-père de lui répondre, l'air le plus sérieux du monde : « Monsieur, j'accepte votre offre à une seule condition : c'est que vous ne me la rameniez jamais ! », puis, devant le journaliste stupéfait, ajoute à l'adresse de ma mère sur un ton des plus complices : « Je te laisse jusqu'à dix heures et demie, pas davantage. »

Ma grand-mère connaissait tous les arbres, toutes les fleurs et savait reconnaître n'importe quel oiseau au premier regard. C'est ce qu'on enseignait aux jeunes filles de bonne famille dans le pensionnat où elle avait été interne à Cahors durant son enfance.

Elle avait reçu une instruction classique. Je pense qu'elle s'est orientée assez tôt vers les matières littéraires, parce que je l'ai toujours connue aimant les livres et lisant beaucoup, et ce bien qu'elle souffrît vers l'âge de soixante ans d'une cécité presque totale d'un œil et d'une très mauvaise vue de l'autre, cette demi-cécité qui rajoutait encore à son côté distrait. En plus de cette instruction scolaire, on lui avait appris à tenir une maison, à coudre, faire la cuisine et recevoir. De cette éducation et des enseignements que sa mère, notre bonne-maman, lui avait transmis, grand-mère recevait merveilleusement. Chaque fois que nous allions chez elle, nous savions que ce serait un moment de douceur, de gaîté et de délices. Elle apportait un soin tout particulier à ce que la maison fût accueillante, la table jolie, les nappes, les serviettes et l'argenterie parfaitement disposées. Elle avait appris à Julia à faire une cuisine bourgeoise à laquelle elle avait apporté quelques parfums et saveurs du Lot. Ainsi, le canard, l'oie, la truffe – à laquelle elle vouait une véritable passion –, les cèpes, les noix et certaines pâtisseries dont l'anguille, un gâteau typique de la région, dont on travaille et étend la pâte indéfiniment pour finalement l'enrouler sur elle-même, en escargot. Elle accommodait merveilleusement les rôtis, pintades, poules, choux farcis, soufflés, poissons, avec une variété incroyable de légumes – dont certains que je n'ai plus revus ni goûtés depuis –, toute une série de plats et de saveurs qui me semble aujourd'hui ahurissante au regard de nos habitudes alimentaires actuelles. Julia apportait tant de soin à ses préparations qu'elle n'eut bientôt plus besoin de lire les petits cahiers de notes que ma grand-mère lui avait dictés pour devenir une merveilleuse cuisinière. La réputation de la table chez Pierre et Marie Quoirez n'avait souvent rien à envier aux grands noms que l'on trouvait alors dans les guides gastronomiques. Georges Pompidou dit souvent que le boulevard Malesherbes était « la meilleure table de Paris ». Outre les instructions de ma grand-mère, Julia devait satisfaire aux exigences de mon grand-père, lequel savait se montrer particulièrement intransigeant s'agissant de la gastronomie. Bien que je n'aie pas assisté personnellement à ce genre de scène, il arrivait qu'il renvoyât un plat en cuisine de la manière la plus sèche qui fût. Et lors des rares longs voyages en voiture que nous fîmes dans son Oldsmobile – il conduisait toujours des voitures américaines qu'il trouvait plus silencieuses et plus confortables, ce fut d'ailleurs au volant d'une Graham-Paige décapotable lui appartenant que fut prise la photo qui servit d'illustration à la réédition de *Toxique* chez Stock –, alors que nous roulions vers le Lot, quand nous étions dans la campagne, à proximité de Châteauroux ou de Limoges, et que venait le moment de déjeuner, il pouvait faire un détour de cent kilomètres pour une spécialité de cou farci ou, comme cela arriva une fois, pour des frites cuites à la graisse de rognons. Je cite volontairement cette histoire de frites à la graisse de rognons, que ma tante Suzanne m'a rapportée, parce qu'elle est représentative de sa gourmandise et qu'elle nous a tous beaucoup amusés.

Certains dirent que, lorsque ma mère fut emportée par le succès de son livre, elle se détourna de ses racines et délaissa le Lot. Je crois plutôt qu'elle ne voulut pas mêler le tourbillon qu'était devenue sa vie au rythme de Cajarc, de ce pays qui vivait au ralenti et pour lequel elle avait un profond attachement. Que l'on dît d'elle dans le pays qu'elle était la fille de Mme Laubard, ma grand-mère, qu'elle était maintenant « celle qui écrit des livres », lui était bien égal. Elle ne viendrait désormais dans le Lot que par choix et par plaisir, à l'automne et au début de l'hiver, quand les touristes sont partis et que Cajarc retrouve son charme paisible. Elle aimait se promener dans les causses, en voiture, lorsque la nature avait déjà pris ses couleurs d'automne. La campagne entre la mi-septembre et novembre, avec ses jaunes, ses ocres, ses rouges, y est d'une incroyable beauté. Le village est posé dans une vallée cernée par des causses de pierre. L'été, la chaleur y est étouffante. « Le causse, c'est des kilomètres et des kilomètres de collines où seuls émergent encore des ruines de hameaux que la soif a vidés. » « Il y a l'esquive étonnante de toute cette région devant le tourisme, la télévision, les autoroutes et l'ambition. » Le Lot est la seule région où ma mère trouvera jusqu'à la fin le repos, où elle renouera chaque fois avec un rythme doux, sans cassures ni bruits. Elle eut toujours un besoin vital de calme, de tranquillité, de silence – au moins une heure par jour – où qu'elle fût. Dans le Lot, les odeurs, les couleurs, les lumières étaient restées celles de ses premières années. Elle y retrouvait une enfance dont elle disait elle-même ne pas être sûre de l'avoir jamais quittée. « Ou bien j'étais faussement adulte au départ, ou bien je suis restée en enfance en grandissant... Je n'ai jamais eu le sentiment d'une césure entre mon enfance et ma vie d'adulte et cela m'a souvent prodigieusement gênée. » Le succès de

Bonjour tristesse l'avait brutalement propulsée dans le monde des adultes sans lui laisser la moindre chance de grandir seule. Étrangement, si ce livre retint ma mère de devenir adulte, il permit à toute une génération d'acquérir une maturité nouvelle.

13

On a autant critiqué certains amis de ma mère de s'être trop rapprochés d'elle, de l'avoir surprotégée, d'avoir voulu la garder pour eux et pour eux seuls, que l'on a reproché à ma mère de s'entourer d'une bande de gens qui n'étaient là que pour faire partie de sa cour, profiter de sa générosité et se faire valoir auprès d'elle. Le cercle des intimes comprenait Jacques Chazot, Bernard Frank, Charlotte Aillaud, Nicole Wisniak, Florence Malraux, Massimo Gargia, Frédéric Botton et d'autres. Et tout près d'elle, au centre du cercle, il y avait Peggy. Je crois que la relation de ma mère avec elle a vraiment commencé au moment de la séparation d'avec Elke, en 1973 ou 1974. Mais Peggy et ma mère étaient amies depuis plusieurs années, j'ai même appris récemment qu'elles se connaissaient déjà en 1969.

On a longtemps reproché à Peggy Roche, et à juste titre, d'avoir complètement phagocyté ma mère, de l'avoir isolée de beaucoup de gens. Parce que ma mère devait susciter cette envie de la protéger, ce besoin d'avoir ce rapport exclusif avec elle, quitte à éloigner les autres. J'entendais très souvent les gens se vanter d'être « le meilleur ami de Françoise » ; ce titre était à l'époque très courant et très disputé. Il y avait toujours quelqu'un pour essayer d'être plus près, plus protecteur que les autres. C'était une compétition bien curieuse à laquelle beaucoup tentaient de participer. Il fallait être le plus proche ou ne pas être. Peggy, pour en revenir à elle, fut la plus protectrice des protectrices. Elle fut le pilier de ma mère au cours de la seconde moitié de sa vie. Pendant près de vingt ans, elle n'a pas quitté son ombre. Peggy avait pris à sa charge l'ensemble des choses du quotidien – essentiellement les contraintes – qui ennuyaient ma mère : les courses, les repas, la bonne marche de la maison, quelle paire de chaussures choisir pour aller à *Apostrophes*, comment s'habiller ce soir pour aller à ce dîner, quelle destination pour partir au soleil ? Avec l'arrivée de Peggy, ma mère se trouva d'un coup débarrassée de tout cela. Peggy décidait de tout. Peggy était dotée d'un caractère parfois extrêmement orageux et douée d'un instinct absolument prédominant. Son flair et son jugement très sûr sur les êtres et les choses, dont ma mère était dépourvue, donnaient à leur relation une complémentarité vraiment parfaite. Peggy « sentait » les gens à la seconde même où elle les voyait, et prévenait ainsi ma mère contre toutes les mauvaises rencontres. Pouvant se montrer aussi coupante qu'une lame de rasoir, elle chassait de la maison les carotteurs, les charlatans, les profiteurs, les petits dealers, tous ceux qui, sachant ma mère si généreuse, venaient taper à notre porte. Usant de son mauvais caractère mais aussi de son élégance naturelle et de sa prestance, Peggy faisait fuir, avec quelques mots ou avec fracas, les importuns de la dernière heure. Elle veillait également à protéger ma mère de ses démons intérieurs, ceux qui cherchaient à l'entraîner vers les excès que l'on sait. Lorsque en 1981 ma mère a quitté la rue d'Alésia pour s'installer rue du Cherche-Midi, Peggy organisa le déménagement, coordonna les travaux et fit en sorte que la maison soit accueillante pour ma mère à son arrivée. Le temps du déménagement, cette dernière habita à l'hôtel et lorsque son nouvel appartement fut prêt, on la prévint et elle rentra tout simplement chez elle. On lui dit : « Votre chambre est ici, votre salle de bains là, vos affaires sont accrochées dans cette penderie. »

À partir de cette période, Peggy prit un ascendant croissant sur ma mère et occupa une place de plus en plus importante. D'une possessivité maladive avec son amie, elle ne tolérait pas, à l'exception des amis intimes et de sa famille, que l'on pût l'approcher de trop près et trop longtemps. En 1981, elle s'installa de manière définitive rue du Cherche-Midi, elle fit renvoyer Thereza et Oscar qui étaient au service de ma mère depuis 1968. Était-ce une forme de jalousie ou bien une manière d'asseoir son autorité, je l'ignore. Elle fit également renvoyer Marylène Detcherry, cette femme attachée à la banque Rothschild qui s'occupait de ses finances depuis vingt ans, l'astreignait à payer ses impôts et l'empêchait de faire mille bêtises, la préservant très certainement de cataclysmes financiers. À compter de ce jour, ma mère récupéra un chéquier, une carte de crédit, elle redevint autonome et put disposer librement de son argent. La cascade d'ennuis financiers qu'elle va devoir affronter dans les années 1990 trouve très certainement son origine à ce moment-là.

Peggy Roche, dont le goût était extrêmement sûr, travaillait à l'époque comme rédactrice de mode, styliste et pigiste pour plusieurs magazines féminins dont *Elle*, *Marie Claire*, *Marie France*, *Vogue*. Elle avait un vrai talent, un véritable don pour la mode. Elle pouvait accomplir des miracles avec un morceau de ficelle et deux vieux bouts de chiffon, et elle vous habillait un mannequin avec tellement de classe qu'à côté d'elle Greta Garbo faisait figure de petite souillon. Peggy ne vivait que pour la mode – ou presque. Ma mère disait d'elle qu'« au cinéma, c'était la seule personne qui, lorsque l'héroïne doit être sauvagement poignardée, remarque la forme de son turban ou la cambrure de ses chaussures ». Faisant usage de son talent et de son autorité, Peggy revisita la garde-robe de ma mère – qui s'habillait jusqu'alors de manière assez classique – et la transforma en une femme plus raffinée et plus élégante. L'empreinte « Peggy Roche » entraîna une mutation importante chez ma mère qui, jusqu'à ce moment, ne portait guère d'intérêt à son apparence. Lorsqu'on la voit chez Pivot, par exemple, son look a radicalement changé après 1980 : il y a l'avant Peggy Roche et il y a l'après. Nous fûmes d'autant plus admiratifs de cette métamorphose que ma mère détestait proprement la mode qu'elle assimilait, avec le phénomène des magazines féminins, à une dictature, une tyrannie sur toute une génération de jeunes filles devant se conformer à des modèles établis, renoncer à une liberté dans leur manière d'apparaître, se soumettre à une image qui souvent ne leur correspond pas. Un jour, ma mère a offert à la directrice d'un journal féminin de lui composer un numéro spécial avec le contraire de ce que l'on propose d'habitude : comment être oisive, comment devenir vieille, grosse, laide et triste en quinze jours. La rédactrice du journal, qui devait manquer d'humour, demeura perplexe. Ma mère trouvait simplement terrifiantes ces femmes qui suivent la mode, s'habillent toutes de la même manière, vivant par procuration la vie des stars de ces magazines en s'efforçant de leur ressembler. Cette espèce de quête de la conformité la hérissait.

À partir de 1984, Peggy décida d'abandonner son métier de rédactrice de mode pour devenir styliste. Son goût et ses dons – et, je pense, les encouragements de ma mère – l'incitèrent à croire qu'elle pourrait devenir créatrice de vêtements et lancer sa propre ligne. Peggy, qui avait des idées très précises mais ne savait pas dessiner, avait la chance d'avoir pour ami Jacques Delahaye, un garçon de grand talent, lequel avait eu, au milieu des années 1970, sa propre griffe, mais dont l'affaire avait périclité faute d'une gestion rigoureuse. Bref, Peggy se lança et « Peggy Roche » devint une ligne de vêtements. Elle ouvrit un magasin rive gauche, dans une rue qui allait devenir l'une des plus prisées du quartier Saint-Germain, la rue du Pré-aux-Clercs. Elle fit dessiner par Jacques Delahaye un grand nombre de modèles sobres, faciles à porter et élégants à base de jersey, de laine, de flanelle. Les couleurs étaient simples, des « basiques » (bleu nuit, noir et beige), des pièces indéformables, inusables et indémodables qui pouvaient s'assembler indifféremment. Mais si l'entrain de Peggy était intact et le soutien de ma mère entier – elle n'apparaissait plus, en photo ou à la télévision, qu'habillée en Peggy Roche, et ne manquait pas une occasion de faire l'éloge du style de son amie dans la presse –, ni l'une ni l'autre ne détenaient le minimum des connaissances matérielles, financières et comptables requises pour faire vivre une affaire de prêt-à-porter de luxe à Paris. Récemment, je rencontrai par le plus grand des hasards l'un des comptables qui eut le bonheur de s'occuper de la société de Peggy à l'époque. Je dis « le bonheur » car il en a gardé un souvenir exquis d'insouciance, de légèreté et de gaîté, sinon de professionnalisme, que peu d'autres clients étaient à même de lui procurer. Il arrivait à Peggy de commander par erreur des quantités de tissu cinq ou dix fois supérieures au nécessaire, d'oublier un rendez-vous avec un acheteur important, de négliger les relances de certains fournisseurs. J'imagine que ma mère finança très largement les quatre ou cinq collections qui se succédèrent rue du Cherche-Midi – Peggy avait installé son atelier de création dans le petit bureau de notre appartement – sans que les ventes du magasin permissent d'imaginer sérieusement un jour un semblant d'équilibre financier. Ma mère agit par tendresse, par amitié, par respect, par amour pour Peggy et je crois qu'elle n'espérait pas non plus voir le fruit de son aide revenir sous une autre forme que celle de l'amour inconditionnel de Peggy. Je le répète, Peggy fut une amie, une amante, une protection, un conseil. Entre ces deux femmes, ce fut un mélange de passion, de tendresse, d'admiration réciproques, de reconnaissance mutuelle, d'amitié et de connivence comme ma mère n'en connut jamais, dans mon souvenir, ni avant ni après elle. Avec Peggy, elle se sentait soulagée, allégée de toutes ces contraintes de la vie courante qui la plongeaient dans des abîmes de perplexité. Il importait peu que Peggy lui ait coûté de l'argent avec sa ligne de vêtements et son magasin, parce qu'il n'était pas de plus beau témoignage d'amour que l'on pût faire à ma mère que d'être ce ballon de légèreté, et Peggy l'avait pleinement compris. On lui a beaucoup reproché son extrême possessivité à l'égard de ma mère, ce comportement égoïste et exclusif, mais il n'aurait pu en être autrement. Peggy avait un caractère bien trop entier. Peggy était d'un bloc, et ce bloc protégeait ma mère de – presque – tout.

Bien qu'elles fussent si proches et depuis si longtemps, bien que Peggy fût devenue son appui, son lieu sûr, sa vigie, sa meilleure armure, il arrivait parfois à ma mère de prendre ses distances. Elle considérait en effet qu'il y avait des amitiés qui ne pouvaient être partagées, même avec Peggy. Elle éprouvait le besoin de faire des petites escapades, de reprendre le chemin de l'école buissonnière et d'agir dans un semblant d'illégalité, comme si elle trompait Peggy, dans cet esprit de liberté et de légèreté dont elle aimait tant le parfum. Certaines de ses amies, à l'image de Florence Malraux, de Nicole Wisniak, de Charlotte Aillaud et de quelques autres, avaient cette relation d'amitié exclusive avec elle, et ma mère se voulait pleinement disponible pour elles. Il allait également de soi qu'elle ne voyait François Mitterrand ou Jean-Paul Sartre qu'en tête à tête. Lorsqu'elle revenait de ses « escapades », Peggy était là, présente, et Peggy ne disait rien, ne lui demandait rien, car elle savait combien ce besoin de liberté était cher à ma mère, combien il était indispensable à son équilibre et à sa bonne humeur. De 1975 à 1988, Peggy illumina la vie de ma mère, lui faisant oublier les années sombres, celles de la disparition de Paola et de la séparation d'avec Elke. Une éclaircie de plus d'une décennie avant un nouvel orage.

1989 allait être marquée par deux événements tragiques initiant une longue période de quelque dix années qui serait sans doute la plus noire et la plus dure pour ma mère. En y repensant aujourd'hui, plus de vingt ans après, je comprends que c'est bien là qu'elle a perdu ce qu'elle avait de plus cher, de plus proche, tout ce qui lui donnait assez de force et d'équilibre pour vivre. Au mois d'août, elle perdit son frère d'une embolie cérébrale. Jacques était son complice, son confident, son compagnon de tous les instants. Jacques et elle partageaient tout, le goût de la fête, le goût de rire, ce même goût pour dépenser leur argent, le goût des voitures rapides. Ils ne furent séparés que par leurs aventures respectives et encore, disait-on, leur permettaient-elles de mieux se retrouver ensuite. Puis, au mois d'octobre, ce fut sa mère, ma grand-mère, qui disparut. Puis son petit chien Banco. L'année suivante, ce fut mon père. Puis, à la fin de 1991, ça allait être le tour de Peggy.

Au début de 1990, elle parut souffrante ; elle se plaignait de ne plus avoir d'appétit et d'être continuellement sujette à des nausées. Les premiers temps, nous ne vîmes pas de raisons particulières de nous inquiéter. Elle avait tendance à boire souvent, parfois de manière exagérée – elle aimait surtout le champagne –, et nous pensions que son état résultait des excès de Noël et du Nouvel An. Elle se soumit à un régime sec qui ne donna rien ; ses nausées empiraient, sa mine n'était plus normale, elle avait les traits tirés, le teint verdâtre, se plaignait de fatigue et s'alitait fréquemment dans la journée. On lui fit une batterie d'examens pour expliquer cet état que nous ne lui connaissions pas. Peggy était une personne très vivante, toujours gaie et pleine d'entrain. Nous attendions les résultats au bout d'une semaine, je ne sais plus, et ce jour-là ma mère, malgré tout inquiète, se rendit disponible pour retrouver Peggy au laboratoire d'analyses médicales. Elles étaient convenues d'aller ensuite déjeuner ensemble. Ma mère arriva au laboratoire à l'heure dite, mais Peggy était en retard. Connaissant ma mère qui devait bouillir d'impatience, j'imagine qu'elle se fit passer pour son amie ou pour une parente, et obtint qu'on lui remît les résultats d'analyses. Lorsqu'elle en prit connaissance, je pense qu'elle redouta immédiatement quelque chose de très grave car elle demanda des explications desquelles il ressortit que Peggy avait un cancer du foie à un stade avancé et qu'il ne lui restait – au mieux – que six ou sept mois à vivre. C'est à ce moment que Peggy est arrivée au laboratoire. Ma mère a précipitamment dissimulé les résultats dans son sac et dit au biologiste présent que si un seul mot de la vérité sur l'état de Peggy Roche sortait de ce laboratoire, elle se chargerait d'eux personnellement. Ainsi, dès cette seconde, le silence le plus total fut gardé sur le cancer de Peggy et il en demeura ainsi jusqu'à la fin. Peggy ne sut jamais qu'elle allait mourir ou, en tout cas, elle nous fit croire à tous qu'elle croyait ce que nous voulions lui faire croire. Je ne sais comment ni où ma mère trouva ce jour-là, dans ce laboratoire, l'énergie et la force d'accueillir Peggy avec un grand sourire pour lui annoncer qu'elle ne souffrait que d'une pancréatite, que tout cela était sans gravité et qu'elle serait bientôt sur pied. J'eus, j'ai encore, une admiration particulière pour ma mère qui, durant toute cette période de la maladie de Peggy, ne montra pas le moindre signe de découragement ou d'accablement devant elle. En sortant du laboratoire, elles partirent déjeuner toutes les deux, bras dessus bras dessous et, au long des sept mois qui suivirent, ma mère fit – et nous fîmes tous – en sorte que Peggy n'eût jamais peur.

De mars à octobre 1991, ma mère ne vécut que pour son amie. Son seul souci était que Peggy souffre le moins possible et elle se démenait de toutes ses forces pour cela. À la fin du printemps, nous avons même conduit Peggy chez une espèce de sorcier, un guérisseur qui habitait boulevard de la Muette. Malgré tout cela, ma mère continuait de cacher la vérité à Peggy sans faillir, sans montrer le moindre désespoir, elle maintenait que ce qui la faisait souffrir n'était rien d'autre que cette pancréatite, et je pense que Peggy continua de faire semblant de la croire. Pour ma part, connaissant Peggy et son instinct si remarquable, si infaillible, cette manière si particulière qu'elle avait d'appréhender la vie, j'étais persuadé qu'elle se savait condamnée depuis le début mais ne voulait pas contrarier ou attrister ma mère. Même malade, elle ne se souciait que de préserver ma mère. Nous restions auprès d'elle le plus possible, ma mère l'emmena à la campagne, à Verderonne, à côté de Paris, durant ce dernier été 1991, mais Peggy était de plus en plus souvent alitée aux prises avec des douleurs violentes. Elle n'appréciait plus rien, seulement, et à peine, la présence de ma mère. Puis cette dernière, de plus en plus désemparée, l'emmena dès la fin août à Cajarc. Je n'étais pas dans le Lot à ce moment-là mais je sus que la situation se détériorait très rapidement. La pauvre Peggy, que l'on assommait de morphine, demeurait malgré tout percluse de douleurs, si bien qu'assez rapidement la situation devint insoutenable et que ma mère décida de la rapatrier à Paris. C'est là qu'elle loua un hélicoptère pour éviter à Peggy d'être ballottée en ambulance sur les routes sinueuses du Lot. Il me semble qu'elle fut hospitalisée dès son arrivée à Broussais, où elle mourut quelques jours plus tard, au début du mois d'octobre.

Lorsque Peggy s'en alla, ce fut une part de ma mère qui disparut avec elle et ne revint jamais. Ma mère, qui gardait pourtant toujours une réserve, une pudeur, s'efforçant de ne jamais montrer à quel point elle pouvait être touchée par les événements, sembla très affectée. Plus encore que son frère, que sa mère, que son ex-mari, à moins que ce ne fût l'accumulation de toutes ces déchirures, la disparition de Peggy fit que ma mère vacilla et ne se releva jamais vraiment. Elle avait perdu l'amour, l'attention, la tendresse, la présence, l'amitié, l'humour, le courage de cette femme presque miraculeuse, qu'elle ne retrouverait plus et elle le savait. Ma mère demeurait présente pour nous, affectueuse, attentive comme elle l'avait toujours été, mais il y avait désormais un vide immense qu'elle ne parvenait plus à cacher ni à dissiper. Ni moi ni ses amis les plus proches ne pouvions apaiser sa détresse, car cette relation qu'elle avait construite avec Peggy contenait beaucoup trop de choses qui se situaient au-delà de leur amitié et de leur intimité. Ces choses-là faisaient maintenant partie d'elle et, avec la disparition de Peggy, ce fut comme si ma mère avait été déchirée en lambeaux, que l'on eût arraché des morceaux d'elle vivante.

14

Grâce à Jacques Delahaye, qui était très proche de Peggy et ne quittait plus ma mère d'une semelle, je crois que nous avons évité des actes insensés qu'elle était prête à commettre et dans lesquels elle essaya d'ailleurs de l'entraîner. Peggy partie, il n'y avait plus de frein à ses excès et cette période de désespoir qu'elle traversait lui donna, me semble-t-il, de nouveaux prétextes pour aller plus avant dans sa consommation de certains produits. Plus rien ne lui importait réellement ni ne l'affectait, elle semblait presque indifférente à tout. Comme si tous ces drames ne suffisaient pas, le fournisseur de drogue – dont on prétendait qu'il fournissait tout le showbiz – se fit arrêter avec un carnet d'adresses contenant les noms et coordonnées de toutes les personnes auprès desquelles il écoulait sa marchandise, dont celui de Jacques Delahaye qui habitait à l'époque avec ma mère et avait pris l'habitude de faire les « provisions » pour elle. C'est ainsi qu'un soir, la police se présenta rue du Cherche-Midi avec des chiens qui reniflèrent tout l'appartement – ce n'était pas la première fois que ma mère faisait l'objet d'une telle descente juste avant les élections, ni que les médias s'y étendent très largement, c'était même la quatrième…

Y avait-il un lien, là encore, avec l'amitié et l'estime qu'elle portait à François Mitterrand ?

Lors de cette dernière descente, ma mère n'avait qu'une petite quantité de drogue sur elle. Mais cette quantité était suffisante pour qu'elle fût considérée comme faisant du « transport de stupéfiants ». Et le fait de « transporter » était assimilé – selon la loi – à celui de vendre. Il était bien absurde de penser que ma mère pût faire commerce de ces produits, tout comme il était absurde de penser qu'elle eût pu en faire la promotion. Elle revendiquait, en revanche, le droit de se détruire si bon lui semblait, même si, disait-elle, « ce n'est pas un exemple bien entraînant ». Ma mère fut donc emmenée, puis inculpée – elle se défendait pourtant de faire du transport de produits illicites ailleurs qu'entre sa chambre et son bureau – et fut condamnée à payer une grosse amende, mais Jacques, qui s'était régulièrement approvisionné pour elle, fut incarcéré et passa plus de six mois à la prison de Fleury-Mérogis. Au fil des interrogatoires, Jacques Delahaye avoua aux policiers être dépourvu de moyens financiers suffisants pour acheter de la drogue aussi régulièrement, que ma mère le finançait donc pour « faire les courses ». Cette déclaration jeta un froid dans leur relation, ma mère considérant l'aveu de Jacques comme une trahison. Lui ne devait chercher qu'à alléger une peine d'emprisonnement à laquelle il ne s'attendait pas et qui devait l'épouvanter. Quoi qu'il en fût, de nouveau ma mère perdit un ami et se retrouva seule. La rue du Cherche-Midi, qui avait été une maison si gaie, si vivante et chaleureuse à ses débuts, devint un lieu hostile, sombre et chargé de tristesse, que ma mère ne pensait plus qu'à fuir.

Vers le printemps ou l'été 1992, je ne sais plus très bien, elle trouva un appartement rue de l'Université, qui était grand et confortable mais loin de posséder le charme des lieux où elle s'installait habituellement. Je crois aussi que les difficultés financières commençaient à s'accumuler, liées à ces affaires, aux dettes que Peggy avait dû laisser et aux impôts impayés, les créances étant désormais trop importantes pour être comblées par une seule avance d'éditeur.

Dans les mois qui avaient précédé ces événements tragiques, ma mère avait rencontré André Guelfi dit « Dédé la Sardine » lors d'un dîner à Paris. Ce dernier tint alors absolument à lui témoigner sa reconnaissance pour un geste qu'elle aurait eu en sa faveur près de trente-cinq ans plus tôt, alors que Guelfi était passionné de course automobile. Selon ce qu'il prétendait, ma mère, qui avait racheté sa voiture par l'intermédiaire d'Amédée Gordini, lui avait permis de rencontrer une personne sans laquelle il ne serait jamais parvenu à une réussite aussi extraordinaire en affaires. André Guelfi se disait donc immensément redevable à ma mère et voulut, après tout ce temps – il n'est jamais trop tard –, la remercier. En fait de remerciements, il apparaît que le vrai dessein de Guelfi, qui était au courant de l'amitié de ma mère et François Mitterrand, était d'obtenir un rendez-vous à l'Élysée. Il projetait, avec Elf, société pour laquelle il agissait en tant qu'intermédiaire, de lancer une exploitation de gisements de gaz et de pétrole en Ouzbékistan, petit pays d'Asie centrale tenu par la poigne de fer de son président Islam Karimov. Mais la France s'y refusait : l'Ouzbékistan était une toute jeune république, récemment séparée de l'Union soviétique, dont les ONG dénonçaient régulièrement les manquements à la démocratie et le recours à la torture. En utilisant la relation privilégiée de ma mère avec le Président, André Guelfi espérait pouvoir influer sur l'attitude de la France dans ce dossier.

Guelfi semblait également informé de l'état de délabrement de la maison d'Équemauville, laquelle, il est vrai, n'avait pas connu de réparations importantes depuis plus de trente ans. C'est ainsi qu'il en vint à proposer à ma mère, pour la remercier de ce prétendu service qu'elle lui aurait rendu, de financer d'importants travaux pour remettre d'aplomb la maison de Normandie, promettant une somme d'argent considérable versée sous forme de commission si le contrat entre Elf et la petite république était signé. Ma mère prit alors sa plus belle plume et écrivit une lettre à son ami François Mitterrand pour lui demander de bien vouloir intercéder en sa faveur. Las, ce ne fut pas du goût du Président qui répondit gentiment à ma mère qu'il ne lui connaissait pas ce rôle de Mata Hari et lui fit comprendre qu'elle se mêlait de ce qui ne la regardait pas. Les travaux furent néanmoins entrepris, mais ils mirent beaucoup de temps avant de démarrer, si bien que pendant de longues semaines, entre l'automne 1990 et le printemps 1991, il ne se passa strictement rien. Nous avions même fini par penser que tout cela n'était qu'un canular de mauvais goût et que le seul dessein de ces flagorneries était d'approcher ma mère et de l'utiliser. Finalement, au mois de mars 1991, des ouvriers commencèrent à travailler. Ce fut alors que, accident ou oubli volontaire, nous ne le saurions jamais, un plombier abandonna un chalumeau dans l'escalier pendant sa pause déjeuner et le manoir du Breuil, notre si belle maison, brûla en une paire d'heures, ne laissant que les deux étages que comptait la maison ravagés par le feu et un trou béant dans le toit. Quelqu'un téléphona à ma mère pour lui annoncer que sa maison était ravagée par les flammes au moment même où elle rentrait de son déjeuner avec Peggy et de son rendez-vous au laboratoire où elle avait appris que son amie allait mourir. Ce fut une journée où j'aurais tout donné pour que ma mère puisse s'abstraire de ce monde.

La bienveillance et l'attention de l'ancienne femme d'argent de ma mère, Marylène Detcherry, fit que la maison de Normandie possédait une très bonne assurance, ce qui permit aux entreprises du bâtiment d'encaisser l'argent et de redémarrer les travaux. Il fallut de nouveau un certain temps avant que les réparations reprennent, quelques longs mois, si bien que là encore, nous crûmes que tout cela n'avait été qu'une opération montée de toutes pièces et qui avait permis à certains d'empocher l'argent de l'assurance et de disparaître avec. S'opposant aux projets de rénovation grandioses envisagés par les architectes et les maîtres d'œuvre qui travaillaient dans la maison, ma mère tint absolument à ce que notre maison fût restaurée à l'identique, dans sa simplicité d'origine. Il était ainsi convenu de ne pas installer de robinets dorés ni de système de climatisation, ni de faire réaliser d'autres travaux qui auraient dénaturé le caractère charmant du lieu, et il n'était pas question de dépenser des sommes exorbitantes. Pourtant, certains, dont je faisais partie, commençaient à s'interroger sur les conséquences et les risques – en particulier fiscaux –

de tels travaux pour ma mère. Nous ne voulions pas l'alerter tout de suite, elle vivait déjà une période tellement triste avec le mal qui rongeait Peggy chaque jour. Et puis elle était trop heureuse de voir sa maison sauvée. La propriété avait brûlé en mars 1991 et les travaux, me semble-t-il, ne reprirent réellement qu'au début de l'été 1992, soit plus d'un an après l'incendie.

Au début de l'été 1993, ma mère fut de nouveau frappée par le sort avec la disparition de Jacques Chazot, son ami fidèle, qu'elle connaissait depuis toujours et aimait tendrement, comme Bernard Frank ou mon père. À ces épreuves vinrent s'ajouter des problèmes de santé – elle était tombée, s'était cassé la hanche et avait été mal soignée. Enfin, en mai 1995, l'élection de Jacques Chirac à la présidence de la République ramenait la droite au pouvoir.

15

Le retour d'un gouvernement de droite coïncida d'une manière quasi mécanique avec l'arrivée de terribles ennuis pour ma mère. Elle ne bénéficierait plus de la bienveillante protection de François Mitterrand qui, je crois, avait permis de repousser certaines échéances et notamment certaines poursuites à son encontre. Je tiens à souligner que ce dernier ne fit bien que retarder les ennuis qui allaient s'abattre sur elle, qu'en aucun cas elle ne bénéficia de faveurs ni de privilèges. Dans les semaines qui suivirent l'installation de Jacques Chirac à l'Élysée, au cours de l'été 1995, ma mère, moi et quelques proches fîmes très *spontanément* l'objet d'un contrôle fiscal. La procédure sembla si précipitée qu'il ne faisait aucun doute qu'elle avait été lancée au moment même du départ de François Mitterrand. Outre les affaires, en particulier l'« affaire Elf » dans laquelle elle était impliquée certainement malgré elle, et les condamnations pour les histoires de stupéfiants, il paraissait évident qu'on voulait lui faire payer le fait d'avoir affiché aussi ouvertement, et durant les deux septennats, son amitié et son admiration pour l'ancien Président. Au-delà des idées et convictions de François Mitterrand – qu'elle partageait –, il y avait un homme qu'elle admirait, qu'elle respectait pour ses qualités intrinsèques d'être humain ; jamais elle n'aurait soutenu avec autant de force quelqu'un qui n'eût été *que des idées*.

Dans le cadre de la perquisition fiscale dont ma mère fit l'objet, il ne fallut pas longtemps avant que les inspecteurs s'intéressent à la maison de Normandie et s'interrogent sur le fait que cette dernière ait fait l'objet d'importants travaux. Ils questionnèrent ma mère sur l'origine de ces rénovations et lui demandèrent de justifier l'origine des fonds qui avaient permis de les financer. J'imagine alors qu'elle dut avoir bien du mal à convaincre les agents du fisc que ces travaux étaient en réalité un *cadeau*, remerciement pour son intervention auprès du chef de l'État ou gratification d'une personne qui, trente-cinq ans après, se sentait toujours redevable pour quelque chose qu'elle avait oublié. On demanda à ma mère de produire des attestations – qu'elle ne possédait pas puisque tout cela rentrait dans le cadre d'un *arrangement* –, si bien qu'elle dut réclamer aux entreprises les justificatifs des travaux réalisés. Mais dès lors qu'il s'agit de retrouver ces entreprises pour obtenir des factures, ce fut comme si nous pourchassions des fantômes : la majorité avaient mystérieusement disparu ou mis la clé sous la porte. Pour tout arranger, les justificatifs qu'elle put finalement obtenir faisaient apparaître que les montants avaient été surfacturés. Ma mère se rendit enfin à l'évidence : elle était tombée, en guise de généreux donateurs, sur une bande d'aigrefins qui s'étaient servis d'elle, de ses relations avec Mitterrand, et avaient utilisé les travaux de sa maison de Normandie pour blanchir de l'argent. Mais toutes ces explications étaient bien égales au fisc qui, de son côté, ne cessait d'accroître sa pression. Finalement, il fallut faire venir des experts à Équemauville pour évaluer la valeur réelle des travaux réalisés et démontrer qu'elle était très inférieure à ce qui avait été prétendu. Ma mère fut au bout du compte condamnée pour avoir détourné des sommes dont personne ne sut, pas même elle, si elle les perçut réellement ou non. On dit qu'elle bénéficia, en plus de l'argent pour les travaux, d'une somme en liquide qui aurait été déposée sur un compte en Suisse, mais le jour où elle se rendit à Genève, accompagnée de sa secrétaire, pour la récupérer, le compte – sur lequel une autre personne avait la signature – était vide. Quoi que l'on dise, je pense qu'elle n'a jamais perçu ce mystérieux argent car elle faisait déjà face, à l'époque, à de gros ennuis financiers et cette somme, l'eût-elle touchée, lui aurait permis de régler beaucoup de ces ennuis, ce qu'elle ne fit pas. Son train de vie, qui s'était considérablement réduit, ne changea pas et elle ne se mit pas non plus à distribuer davantage de cadeaux autour d'elle. Enfin, tout ceci ne lui ressemblait pas. Bien que ma mère fût considérée comme dépensière et légère, elle détestait avoir des dettes et elle n'aimait pas se sentir redevable. Or, je ne l'apprendrais que dix ans plus tard, en 2005, pendant toute cette période elle ne paya plus son loyer rue de l'Université, ce qui prouve bien qu'elle n'avait vraiment plus d'argent pour vivre.

Au début de toute cette affaire, lorsqu'elle crut qu'elle allait toucher des millions sur l'exploitation du gaz ouzbek, ma mère ne nous cacha pas son enthousiasme : elle nous annonça triomphalement que nous allions tous être à l'abri du besoin et pour un bon moment. Elle pensait déjà à de grandes soirées, des cadeaux, des voyages où elle emmènerait tous ses amis. Elle devait aussi sûrement imaginer l'acquisition de tableaux et d'un cheval de course. Mais dès lors que les choses prirent une autre tournure, quand la justice mit son nez dans ce dossier et que cela devint subitement l'« affaire Elf », elle cessa de nous en parler, tenant sans doute à nous préserver des mauvaises nouvelles. Toute cette histoire devint alors, comme elle le dit lors de ses dernières interviews, « un micmac invraisemblable auquel je ne comprends rien ». Ces personnes qui l'avaient embarquée dans cette aventure et dont je ne sais aujourd'hui si les intentions furent aussi louables qu'elles le prétendirent, ont précipité ma mère dans sa chute, laquelle avait été amorcée six ans plus tôt avec la mort de Peggy, celle de ses amis et sa fracture de la hanche. Ma mère, qui semblait s'être tant bien que mal accommodée de tous ces drames, se désintéressa rapidement des aspects concrets de « l'affaire » qui, s'ils lui étaient apparus plutôt amusants au départ, la dépassaient à présent totalement par leur complexité et les embarras qu'ils lui causaient. Qu'elle prît ses distances avec cette sale histoire qui lui fit tout perdre – elle se retrouve sans un franc pour vivre et se rend compte qu'un ami qui l'a mise dans cette affaire l'a trahie – fut sans doute salutaire, mais qu'elle les prît avec l'administration fiscale – à qui elle se retrouvait désormais devoir de très grosses sommes – était autrement plus ennuyeux. Le fisc ne lui pardonna pas un silence qu'il dut prendre pour de l'arrogance.

16

Il arrivait à ma mère d'être prise de moments d'exaspération, de moments où elle était comme assiégée intérieurement. Dans ces moments-là, il n'y avait rien que nous puissions faire pour la soulager. Nous savions que nous finirions par faire venir un médecin qui lui donnerait un antalgique assez puissant pour l'apaiser. Ce n'était pas de ses drogues illicites qu'elle avait si cruellement besoin, mais de produits contre la douleur, des médicaments qui lui avaient été prescrits. Ces moments devaient être si terribles pour elle que, parfois, nous la soupçonnions d'appréhender l'arrivée de la douleur avec un égal tourment. L'idée de la douleur était si présente qu'elle en venait à occulter la douleur elle-même. C'était ces jours-là qu'Oscar, notre chauffeur, devait courir chercher un médicament à la pharmacie en fin d'après-midi, ou qu'il me fallait absolument trouver des cigarettes, « des Kool molles », au milieu de la nuit dans Paris. Ces caprices reflétaient tout son désarroi, son appréhension, son impuissance à combler une sorte de vide qui, parfois, je le répète, était sûrement imaginaire. Elle était terrifiée à l'idée d'être *la proie des flammes*, d'être confrontée à une douleur, d'être face à la solitude, et elle faisait tout pour que cela n'arrive pas. Et il fallait que nous la satisfassions de quelque manière que ce fût. Alors, la mort dans l'âme, Oscar finissait par partir chercher un produit qu'il savait qu'il n'obtiendrait probablement pas car il manquait la souche – elle avait déjà été utilisée –, le ticket du carnet qui accompagnait l'ordonnance. Il devait user de stratagèmes, retourner dans des officines où, bien qu'aucune ordonnance ne fût à son nom, son fort accent argentin ferait que l'on se souviendrait de lui, ou dans celles où on l'avait reçu aimablement. Il devait inventer des fables, citer le nom de ma mère, montrer le plus grand accablement pour persuader le pharmacien de le laisser repartir avec les fameux produits. Parce qu'il n'était pas question qu'Oscar ou moi rentrions bredouilles, les mains vides, de nos « chasses » parisiennes. Car alors nous serions obligés d'affronter sa réprobation la plus amère et les regards les plus sévères, et cela, venant de ma mère, personne ne le souhaitait. Quelquefois, aussi, il suffisait qu'entre-temps elle ait changé brusquement d'humeur pour que tout fût oublié. Il n'importait plus autant que je revienne avec cette chose et lorsque je rentrais, parfois éreinté d'avoir cherché partout, elle me remerciait, bien sûr, mais le sentiment d'urgence avait disparu, la gravité de la situation s'était dissipée.

Je me souviens de l'un de ces médicaments. Il s'agissait du Fortal, un antalgique puissant dont une des caractéristiques était d'être un produit dopant. Ce médicament n'existe plus de nos jours mais à l'époque il figurait sur ce qu'on appelait le « tableau B », celui des produits stupéfiants – le « A » étant réservé aux produits toxiques et le « C » aux produits dangereux. Le Fortal était classé « B » car sa consommation induisait une dépendance ; mais si j'avais fait partie de ces gens qui établissent ces classifications, je l'aurais rangé dans les « ABC » car je crois qu'il cumulait toutes les vertus : toxique, stupéfiant et dangereux. Lorsque nous habitions rue d'Alésia, l'équipe de SOS-médecins arrivait parfois, la nuit, pour apaiser ma mère de ses souffrances – il s'agissait quelquefois de souffrances prétendues, parce que même lorsque nous étions là, auprès d'elle, il lui arrivait de se sentir suffisamment vulnérable pour avoir besoin d'être rassurée par un inconnu. Ces médecins se montraient toujours aimables et bienveillants ; ils connaissaient ma mère et savaient pourquoi elle les faisait venir. Lorsqu'ils avaient assez de temps, elle leur proposait de rester un moment et de boire quelque chose – cela pouvait être une infusion de camomille, un Perrier ou un double scotch –, ce qui leur permettait de « souffler » un peu avant de remonter dans leur voiture pour se rendre chez le malade suivant.

Lors des conversations qu'elle avait avec ces médecins, elle fut stupéfaite d'apprendre que nombre des appels qui aboutissaient à ces consultations nocturnes n'étaient pas le fait de personnes malades, mais de gens seuls qui téléphonaient, profitant de la nuit, de l'obscurité, du silence, de ce voile noir jeté sur la grande cité pour demander que quelqu'un – un médecin – vienne les voir, quelqu'un à qui parler, quelqu'un qui les écoute ne serait-ce que dix minutes et quitte à perdre cent francs au passage. Ma mère fut à ce point frappée par ce phénomène de la solitude dans les villes, dans Paris en l'occurrence, qu'elle y consacra un article dans *L'Express* au cours de l'automne 1976, intitulé « La solitude », où elle s'en prend à celle qui, selon elle, est responsable de cette immense solitude morale, notre télévision, « cette espèce de grosse veilleuse ennuyeuse ou drôle [...], le dernier bastion avant ce qui est devenu à présent l'horreur, la malédiction, la lèpre : la solitude ». Et elle ajoute : « La télévision empêche les parents d'écouter leurs enfants, les enfants d'interroger leurs parents et les amants de faire l'amour. Elle occupe, elle distrait brutalement, et avec une sorte d'ostentation à la mesure de ses moyens. Elle sépare les gens d'eux-mêmes, dans des fermes isolées ou dans des taudis surpeuplés. Elle propose aux gens une vision paradisiaque ou épouvantable de la vie. Elle leur montre des personnages qu'ils ne pourront jamais être, des états de fait qu'ils ne pourront jamais changer et des bonheurs qu'ils ne pourront jamais éprouver. Bref, à force de façonner et d'illustrer leurs rêves, elle empêche les gens de rêver. » Ma mère détestait à ce point la télévision que, lorsque j'eus douze ans, elle menaça de jeter un des deux postes que nous avions – et qui avait été installé dans la cuisine – par la fenêtre, exaspérée de l'entendre vociférer à longueur de temps lorsque Thereza la regardait. Nous nous amusions à imaginer les conséquences d'une suppression totale de la télévision, et à ce sujet elle citait l'exemple d'une panne d'émetteur qui se produisit en Bretagne, au milieu des années 1970, et qui dura suffisamment longtemps pour bouleverser les habitudes de toute une région : les gens avaient recommencé à se parler et puis, neuf mois plus tard, il y eut un mini baby-boom à cet endroit précis de la France. Ainsi, nous nous plaisions à penser que si l'on supprimait définitivement la télévision de ce pays, au bout de trois mois il y aurait une révolution, puis six mois après un baby-boom, et quelques années plus tard la France serait reconnue dans le monde entier comme le pays de l'intelligentsia.

Mais cette aversion pour la « grosse veilleuse » n'était pas absolue ni définitive. Ma mère regardait parfois avec plaisir certains films du ciné-club, le dimanche soir, sur la troisième chaîne. Bien plus tard, au début des années 1990, elle fut prise d'une véritable passion pour la série *Star Trek* qui retraçait le voyage dans la galaxie du vaisseau *Enterprise* commandé par M. Spock et le capitaine Kirk, et pour l'acteur Jackson DeForest Kelley qui interprétait le Dr Leonard McCoy. Elle aimait ces décors des années 1960 faits de bric et de broc, ces étranges créatures aux apparences et attitudes extravagantes – pour ne pas dire parfois ridicules –, les tonalités des voix et la diction de ces êtres venus d'ailleurs qui avaient le mérite de nous faire rire. Même si les scenarii étaient parfois aussi cocasses que certains de leurs personnages, les auteurs et scénaristes avaient fourni un véritable effort d'imagination. Totalement libres, ils y étaient allés bon train. Les créateurs de la série ne se prenaient pas au sérieux, ils n'affichaient pas de prétentions. Et je crois que, tout autant que ces aventures incroyables dans les lointaines galaxies, ma mère appréciait cela, cette liberté et cet humour sans limites. Je me souviens de certains moments où, hilare, elle se tenait les côtes de rire devant l'air imperturbable de Spock face à des situations toujours plus rocambolesques.

En revanche, elle méprisait ces talk-shows, ces émissions-vérité, ces jeux où les invités et les animateurs accumulent les ignorances, les insanités, les nullités, sous prétexte qu'il faut « se mettre au niveau des gens » – ce qui veut très clairement dire que ceux qui dirigent nos chaînes ont décidé que le peuple français était une bande d'imbéciles. Ma mère pensait que les Français étaient beaucoup plus intelligents et subtils qu'on ne voulait bien le croire, que cette télévision effrayante de bêtise n'était que le produit d'une volonté délibérée d'assommer et d'abrutir les gens pour mieux les manipuler. Ma mère pensait que « [...] les Français étaient ce peuple qui avait fait la Révolution, qui avait rejeté le despotisme, se battit à Fleurus, pleura à la mort de Victor Hugo, qui aimait les femmes, le vin, la poudre et le rugby mais dont on [la télévision] avait fait un animal traqué, malheureux et terne ». Elle n'avait pas tort.

Ma mère était parfois si révoltée par notre bêtise, nos inepties, notre vanité, qu'elle en arrivait à souhaiter qu'une révolution emportât tout sur son passage. En ce sens, elle se prétendait anarchiste et nous nous plaisions à essayer d'imaginer à quoi pourrait ressembler le nouveau monde qui en sortirait. En 1956, déjà, on avait reproché à ma mère ce côté anarchiste, l'accusant de « lancer des bombes en papier pour aggraver le délabrement de notre société ». Les injustices, les inégalités nourrissaient régulièrement sa colère. Je me souviens de conversations où nous nous indignions de concert, tant et si bien que, parfois, nous nous étions retrouvés gais et dispos et nous quittions furieux et grognons ; pas l'un contre l'autre bien sûr, mais contre cette société dont bien des aspects nous révoltaient.

17

Je crois que ce fut sa sœur Suzanne qui l'entraîna pour la première fois au cinéma, à Lyon, pendant les années d'Occupation. C'était l'âge d'or du cinéma américain avec Clark Gable, Gregory Peck, Cary Grant, Robert Mitchum, Errol Flynn, de très grands acteurs qui devaient occuper tout l'écran et paraître immenses et magnifiques à une petite fille de Cajarc âgée seulement d'une dizaine d'années. Ces Américains si beaux resteront pour ma mère des icônes ; ils seront rejoints, au fil des années, par Robert Redford, Paul Newman, Marlon Brando et, plus récemment, Harrison Ford dont l'interprétation dans *Le Fugitif* l'avait marquée. *Le Fugitif* était un film au suspense haletant au cours duquel, lors des scènes d'action, elle se tortillait littéralement dans son fauteuil aux moments les plus cruciaux, comme si elle voulait esquiver les coups pendant une bagarre, ou bien elle se penchait en avant lorsqu'une voiture arrivait trop vite dans un virage ou devait éviter un obstacle. Parfois, lorsque le suspense devenait insoutenable, elle préférait se lever et sortir de la pièce pour ne pas assister à l'inéluctable, à l'image des enfants qui se cachent les yeux face à certaines scènes d'horreur. Je devais aller la chercher dans la pièce d'à côté où elle piétinait, et la rassurer : Harrison Ford ne pouvait pas avoir été tué car il était le héros du film, pas plus qu'il n'avait été arrêté par la police. C'était à la fois charmant et étonnant qu'elle montre une telle innocence, une telle fraîcheur, pour un film qu'elle avait déjà vu. Je crois que c'était aussi le fait de son imagination qui prenait le pas sur son souvenir et lui laissait penser, à chaque fois, que tout pouvait arriver, même le plus invraisemblable. De la même manière, si l'histoire finissait mal, que le héros mourait, elle refusait de se résigner à l'issue fatale. Qu'il s'agît d'un film sur Jeanne d'Arc ou d'une adaptation de *Roméo et Juliette*, elle avait toujours dans l'idée que tout cela était trop bête et que les choses allaient finalement s'arranger. Cette attitude, selon elle, était la seule manière de prendre la vie, « comme un opéra comique déjà joué dont on connaît la fin. En espérant désespérément – non pas bien sûr qu'on va survivre, ou qu'on a une chance de s'en tirer [...], mais en se servant de son imagination. Parce que l'imagination, c'est le départ de la compréhension ». L'imagination, disait-elle encore, c'est ce qui permet de se mettre à la place d'un autre et de se dire : « Tiens, je n'ai pas fait très attention ou je n'ai pas été très correct. »

Ma mère découvrit très tôt, juste après le succès de *Bonjour tristesse*, que le cinéma pouvait être un formidable outil d'expression lorsqu'il était entre les mains de géants tel Orson Welles qu'elle considérait comme l'un des hommes les plus géniaux d'Amérique. Welles avait « cet éclat jamais adouci dans l'œil » que seuls ont les génies. Elle aimait le cinéma de Visconti, de Fellini, de Truffaut, de Losey, de Mankiewicz, et avait un faible pour certains films en particulier – *Que la bête meure* de Chabrol, *La Femme d'à côté* de Truffaut, *Le Messager* de Losey, *Citizen Kane* de Welles, *Mort à Venise* de Visconti (qu'elle préférait aux *Damnés* et qui alimentait nos conversations car *Mort à Venise* ne m'a jamais vraiment plu). Elle aimait aussi beaucoup le cinéma comique et partageait avec son frère Jacques son goût pour Laurel et Hardy. Nous allions quelquefois chez Maurice Ronet, un grand ami de mon oncle, également fan du duo comique ; il avait une salle de projection dans son appartement près des Invalides et nous passions des après-midi à nous tordre de rire devant *Têtes de pioche* ou *Fra Diavolo*. En dehors de Laurel et Hardy, un des films qui faisaient le plus rire ma mère était *The Party*, de Blake Edwards, avec Peter Sellers, que je lui avais fait découvrir. Elle était particulièrement emballée par le maître d'hôtel qui boit chaque verre qu'on lui refuse et finit par déambuler ivre mort au milieu des invités. Elle aimait aussi énormément *Les Producteurs*, de Mel Brooks, qui ont pour projet de monter un four, lequel se révélera finalement un immense succès. Mais je me souviens aussi de ses déceptions et de son air accablé lorsqu'elle revenait d'une projection en avant-première et que le film l'avait ennuyée. Ce fut le cas, notamment, avec le film de Jane Campion, *La Leçon de piano*, qu'elle me décrivit comme l'histoire de deux jeunes femmes en crinoline avec des petites bottes qui pataugeaient dans la boue. Elle m'avoua aussi s'être ennuyée pendant *Le Patient anglais* qu'elle trouva bien trop long – mais deux heures quarante ne pouvait être que bien trop long pour elle, quel que fût le film – alors qu'elle avait énormément aimé le livre dont il était l'adaptation, *L'Homme flambé* de

Michael Ondaatje. Bien qu'elle fût assez bon public, l'ennui était pour elle aussi redoutable au cinéma que dans la vraie vie. Elle fit un jour une gaffe affreuse à la terrasse de la Ponche, à Saint-Tropez, quand elle commença à expliquer qu'elle ne comprenait pas le cinéma de Pasolini, qu'elle le trouvait assommant et parfois même abject. Au bout de quelques minutes, l'homme qui était assis en face d'elle s'est levé et s'est présenté : « Pier Paolo Pasolini, enchanté… »

Je réalise aujourd'hui que ma mère avait une exigence pour le cinéma bien plus grande que pour d'autres arts. Il est vrai qu'il est plus facile de poser un livre si celui-ci vous ennuie que de quitter une salle de cinéma précipitamment. Elle n'avait pas non plus ce niveau d'exigence pour le théâtre, à condition toutefois que ce ne fût pas du théâtre moderne, lequel la faisait fuir. Le théâtre, c'était Racine, Shakespeare, Corneille ou Oscar Wilde, qu'elle avait lu et aimé ; et puis, lors de sa participation active à l'adaptation de *Château en Suède*, elle avait découvert cet univers de la scène, des acteurs, des répétitions, de la première, du rideau qui se lève. Elle connaissait ce sentiment unique d'entendre les comédiens dire un texte que vous aviez écrit, elle connaissait l'attente anxieuse des premiers rires du public alors qu'elle se terrait dans une petite loge à l'abri de tous. Elle n'avait pas cette relation forte avec le cinéma. Non qu'elle le considérât comme un art mineur, mais il lui était plus éloigné – ne serait-ce que par les techniques, le nombre d'intervenants et d'étapes qu'exigeait sa mise en œuvre. Je crois que, à de très rares exceptions près, sa relation avec le cinéma ne fut jamais très réussie. Contrairement à ce qui était le cas au théâtre, elle n'avait pas vraiment de prise sur la manière dont on exploitait son œuvre. Il était aussi plus difficile de trouver les raisons d'un échec ou d'un succès, justement à cause de tous ces intermédiaires et de ces moyens qui séparaient son livre de ce que l'on en avait fait. Au théâtre, on sent tout de suite si la pièce va être un succès ou un four ; il suffit d'écouter les réactions dans la salle. Si la pièce ne marche pas, on peut incriminer la mise en scène ou un acteur ; finalement, tout ce qui ne fonctionne pas très bien est sur la scène, et les « coupables », moins nombreux qu'au cinéma, y sont plus faciles à identifier.

La première adaptation d'un de ses romans au cinéma fut une déception. Elle ne fut pas enthousiasmée par le *Bonjour tristesse* d'Otto Preminger. Elle jugea le film trop éloigné du livre, qu'il s'agît des personnages, de l'intrigue ou du rythme. Il ne faisait qu'approcher les thèmes principaux du roman, finalement assez nombreux et plus complexes qu'il n'y paraît – le personnage de Cécile était peut-être trop ambigu pour une caméra. Après *Bonjour tristesse*, il y eut des hauts, des bas et des silences. Passons vite sur les silences – l'adaptation d'*Un certain sourire* par Jean Negulesco, qu'elle ne mentionnait jamais, et de *La Femme fardée* par José Pinheiro. En revanche, elle trouvait que le travail d'Anatole Litvak, son ami, sur *Aimez-vous Brahms...*, avec Anthony Perkins, Ingrid Bergman et Yves Montand, était assez réussi – et pour ma part, je ne peux plus lire les pages du livre sans les revoir tous les deux, Perkins et Bergman, dans le cabriolet revenant du bois de Boulogne. Mais le film dont elle parlait avec le plus d'amitié et qu'elle trouvait le plus conforme à l'idée qu'elle se faisait d'une adaptation de l'un de ses romans est, je crois, *La Chamade*, que réalisa Alain Cavalier en 1968 avec Catherine Deneuve et Michel Piccoli. Je n'ai découvert ce film que très tard. Et il est vrai que l'on y retrouve la cadence, le rythme et l'atmosphère de son roman. Au-delà de l'adaptation à proprement parler et de la manière dont le récit est projeté, c'est bien le « tempo » qui me paraît très juste. C'est ce temps pris sur le temps, dont les personnages disposent, dont ma mère elle-même disposait et dont elle disait qu'il était, avec l'espace, le seul vrai luxe. Le film de Cavalier respecte ainsi l'une des choses les plus importantes à ses yeux, la liberté des personnages à être séparés du temps matériel.

À peine deux ans après, elle fut très heureuse de l'adaptation que fit Jacques Deray d'*Un peu de soleil dans l'eau froide*, dont elle disait qu'elle était la plus proche du livre. Sachant combien ma mère avait apprécié ce film, et pensant que les copies devaient dormir au fond d'une armoire – ce en quoi je ne m'étais presque pas trompé –, j'ai repris contact avec les ayants droit de Jacques Deray ou le contraire, je ne sais plus. Je voulais absolument que ce film sorte de l'ombre, qu'il ne tombe pas, lui aussi, dans cet oubli qui semblait vouloir envelopper tout ce qui portait le nom de Sagan. Ma récente rencontre avec les ayants droit de Jacques Deray m'a permis de faire de nouvelles copies du film et j'espère lui offrir une seconde vie. Je n'avais jamais vu *Un peu de soleil dans l'eau froide* parce que lors de sa sortie, en 1971, j'étais trop jeune pour être confronté à une histoire d'adultes aussi tragique. J'avais beaucoup aimé le livre – c'est même l'un de mes préférés – et le film ne fait qu'un avec lui. Il retranscrit parfaitement les années 1970, la musique de Michel Legrand apporte une dimension plus émouvante encore au récit, Claudine Auger et Marc Porel sont aussi séduisants qu'on le voudrait, rien ne vient nous distraire de la vérité de leurs sentiments ni de la dérive de leur histoire. C'est une tragédie pure et belle. Le film ne fut pas un succès. Comme le dit Jacques Deray à l'époque, il était resté « sur le bord de la route ».

C'est à cette période que ma mère va se rapprocher d'un homme qu'elle considérait comme l'un des plus charmants, des plus talentueux et des plus professionnels de sa génération. Cet homme, qui s'appelait Georges de Beauregard, lui proposa un jour de passer derrière la caméra et de réaliser un film, un petit film, son premier court métrage.

Ma mère obtint toute liberté pour réaliser ce projet. Elle écrivit l'histoire, les dialogues, choisit les personnages, les lieux, et la musique de *La Traviata* qu'elle écoutait beaucoup à l'époque et dont les airs accompagneront merveilleusement la poésie et la mélancolie de l'histoire. À ce moment-là nous habitions face au jardin du Luxembourg et elle choisit un petit kiosque à musique dans le parc pour mettre en scène la rencontre d'une vieille dame et d'un jeune homme sur un banc.

La veille dame – admirable de douceur – est veuve et attend son ami après tout un hiver que l'on imagine fait de solitude – ma mère met ainsi en scène un des thèmes qui lui sont le plus chers, la solitude des pe
sonnes âgées ; le jeune homme, lui, attend
cée dont il n'est pas très épris. Leurs deu
l'amour se croisent et nous amènent, en

tion et les larmes au bord des yeux, à comprendre qu'il n'y a pas d'âge pour aimer. *Encore un hiver* – c'est le titre – obtint un vrai succès ; contre toute attente, il traversa l'Atlantique et décrocha le prix du meilleur court métrage à New York. Depuis, il a été diffusé, notamment sur Arte, mais son format, quinze minutes, rend sa programmation difficile. Ma mère, elle, trouvait son petit court métrage très commode : elle le passait à tous les invités qui venaient à la maison – nous l'avions en VHS –, ce qui lui permettait de « faire un break » d'un quart d'heure au bout duquel elle retrouvait tous ses hôtes les larmes aux yeux. *Encore un hiver* mène aujourd'hui librement sa vie sur la Toile. On le trouve sur YouTube, sur Dailymotion et sur une douzaine d'autres sites en téléchargement ou en streaming gratuit ; je dois sûrement soulager les instincts prédateurs de ceux qui considèrent que les œuvres doivent bénéficier sur Internet d'un accès gratuit pour tous.

C'est ainsi que, deux ans après ce premier essai très prometteur, ma mère se vit confier la réalisation d'un vrai film, un long métrage. Elle allait passer trois ou quatre mois dans un grand chalet au-dessus de Megève à s'échiner à mettre en scène *Des yeux de soie,* une nouvelle d'un recueil publié chez Flammarion deux ans plus tôt. Elle fut évidemment secondée par un assistant metteur en scène, un chef opérateur et toute une équipe, mais je crois qu'elle fut dépassée, et peut-être ennuyée, par les détails de la technique cinématographique et la difficulté à faire comprendre ce qu'elle avait dans la tête. La scène de la chasse, par exemple, devait être très belle, mais des incompréhensions lors du montage rendirent la séquence beaucoup trop longue et la traque du chamois, qui devait être palpitante, en devint ennuyeuse. *Les Fougères bleues* – c'était le titre du film –, sorti au printemps 1977, fit un flop.

Pour clore ces épisodes d'infortunes de ma mère avec le cinéma, on lui demanda d'être la présidente du festival de Cannes en 1979. C'était l'année de la sortie du film *Apocalypse Now* autour duquel on fit un tel battage à l'époque. Tout se passa assez bien jusqu'aux derniers jours des délibérations, quand ma mère afficha ouvertement sa préférence pour le film de Volker Schlöndorff, *Le Tambour*, qu'elle trouvait plus empreint de poésie et d'imagination que le film de guerre de Coppola. Or, si l'on prenait en compte les deux voix que lui allouait son statut de présidente et le décompte des votes probables des autres jurés, il apparaissait qu'*Apocalypse Now* n'était plus sûr de remporter la Palme d'or. On alla donc trouver ma mère dans sa chambre d'hôtel le dimanche en début d'après-midi, avant l'ultime délibération, pour essayer d'influer sur sa décision finale. Elle fut si outrée par cette initiative qu'elle menaça de quitter le Festival sur-le-champ, ce qui n'aurait pas manqué de provoquer un scandale affreux, et, me raconta-t-elle, on dut lui promettre de lui laisser toute liberté pour qu'elle ne claque pas la porte. Finalement, l'apport de sa double voix fit que *Le Tambour* partagea la Palme avec *Apocalypse Now*. Mais ma mère, furieuse, jura qu'on ne l'y reprendrait plus.

18

Le samedi matin, elle aimait aller au marché aux puces de Vanves. Elle y dénichait des petites toiles de style impressionniste, qui représentaient le plus souvent des paysages de campagne, des personnages dans les champs, des bords de rivière, l'entrée d'un village ou un petit sous-bois. Ces images devaient lui évoquer celles du bonheur qu'elle avait connu dans son enfance, dans le Dauphiné ou le Lot, et qui étaient à l'origine de son attachement si profond à la nature. Sa préférence allait à la peinture classique, plus particulièrement celle de la fin du XIXe. Elle aimait le figuratif, les ambiances et les couleurs des impressionnistes, *La Route de Versailles à Louveciennes* de Camille Pissarro, *L'Inondation à Port-Marly*, *Le Canal du Loing à Moret-sur-Loing* d'Alfred Sisley. Son favori était peut-être *La Pie* de Claude Monet – l'un des seuls tableaux devant lesquels je vis ma mère s'arrêter et rester plus de quarante secondes. Elle disait que Monet était parvenu à ce que l'on entendît la neige crisser dans la lumière du matin. Elle aimait aussi certains portraits pourvu qu'ils fussent empreints d'expression, de caractère ou d'humour. En dehors du style classique des impressionnistes, elle appréciait quelques peintres expressionnistes allemands,

Macke ou Nolde, et avait une passion pour le naturaliste Edward Hopper qui a peint la nostalgie d'une Amérique passée et le conflit entre la nature et le monde moderne.

Son engouement pour la peinture était tel que la maison, déjà remplie de tableaux, accueillait régulièrement de nouveaux arrivants. Lorsqu'elle rentrait de l'une de ses escapades à Vanves ou de chez l'un de ces marchands qu'elle connaissait, elle cherchait l'emplacement qui conviendrait le mieux à cette nouvelle acquisition, dans sa chambre – et ce serait alors l'un de ses favoris – ou dans le salon. Avant de l'accrocher auprès des autres avec son petit crochet X dont nous avions une grande collection, elle nettoyait toujours le tableau avec un chiffon un peu humide – nous le faisions souvent ensemble –, ce qui lui redonnait son éclat, au sens propre mais aussi figuré car cela permettait de découvrir parfois, dans un coin du tableau, une ou plusieurs lettres d'une petite signature que nous n'avions pas vue. Ma mère s'efforçait alors de déchiffrer ces signes, puis elle recherchait le nom dans un guide qui était une sorte d'annuaire des artistes peintres et qui s'appelait, me semble-t-il, *Le Guide des petits maîtres de la peinture*. Le plus souvent, la toile n'avait pas de valeur. Il arriva cependant que, par une chance extraordinaire, et je crois que cela se produisit seulement une ou deux fois, le nom n'y figure pas mais que nous le trouvions dans le Bénézit – la référence absolue, en quatorze volumes, pour les historiens de l'art, les marchands et les collectionneurs, et qui contient toutes les informations, les reproductions des signatures, les cotes sur les peintres, les sculpteurs, illustrateurs et dessinateurs. Que le peintre figure dans le Bénézit signifiait que l'artiste était un peu renommé, que ses toiles avaient circulé dans les salles des ventes et que le tableau pouvait avoir une certaine cote. Pourtant, ce n'était pas que le tableau puisse avoir de la valeur qui ravissait tant ma mère, mais bien qu'il fût une découverte, une rareté, et que, derrière cette toile, se trouvât un peintre. Il n'en fallait pas davantage pour que cette acquisition devînt tout naturellement une rencontre avec cet artiste dont elle avait désormais une idée plus précise. Un peintre qui donnait tout à coup un sens à ce plaisir qu'elle trouvait dans la peinture puisqu'il lui offrait, à travers cette toile, une représentation du monde dans laquelle elle se retrouvait.

Si ma mère aimait accrocher de nouveaux tableaux dans la maison, elle aimait aussi les décrocher et les déplacer. Les toiles changeaient de place, donnaient de la vie à un mur, puis à un autre, modifiant la coloration d'une pièce. Ils donnaient à la maison un nouveau visage. Il arrivait aussi que les meubles bougent, à l'exception du piano Pleyel et du grand canapé d'angle qui ont suivi tous les déménagements pendant vingt ans depuis l'avenue de Suffren et qui étaient trop lourds. C'était l'espace que nous changions, il fallait qu'il fût toujours gai, léger. La maison était régulièrement remplie de fleurs, c'était une tradition. Tous les jours, il arrivait de grands bouquets ; ils atterrissaient dans le salon, sur le piano, sur la table basse, il y en avait partout ; ils illuminaient l'appartement qui s'emplissait ainsi de couleurs et de senteurs dans un air toujours renouvelé. Ma mère ne supportait pas les espaces clos, les maisons figées sans couleur et sans vie ; elle passait son temps à ouvrir les fenêtres, les portes, à faire entrer l'air et la lumière.

Il arrivait parfois qu'elle aille aux puces de Vanves et qu'elle rentre à la maison les mains vides. Non qu'elle n'ait pas trouvé de petit tableau qui l'émeuve, mais parce qu'elle avait donné tout son argent à une personne croisée dans la rue et qui devait être dans le plus grand dénuement. Combien de fois, lorsque nous sortions ensemble et qu'il nous arrivait de croiser un malheureux sur le trottoir, elle lui donnait les trois quarts, quand ce n'était pas la totalité de l'argent qu'elle avait dans son sac ? Et peu importait que ce fût mille ou deux mille francs. En cela, et bien qu'elle ne cessât jamais d'affirmer qu'elle était séparée de Dieu depuis sa plus lointaine enfance, se revendiquant même totalement athée, et si l'on met de côté les sautes d'humeur et caprices qui surviennent à des moments de sa vie bien particuliers – et qui ont plus trait à des raisons que je qualifierais de médicamenteuses –, je finis par penser, comme François Mauriac – qui disait de ma mère qu'« elle était beaucoup plus près de la grâce que certains croyants » –, qu'elle était une sainte ; une sainte moderne, qui assumait ses goûts, ses choix et sa liberté, qui avait un profond respect de l'autre, un *amour* de l'autre, et le souci constant de ne pas lui faire de mal.

19

C'est à partir des années 1990, et plus particulièrement après la mort de Peggy, que ma mère va connaître ses problèmes d'argent les plus sérieux. Il lui était arrivé de perdre énormement d'argent au casino Clairmont de Londres au milieu des années 1960. Elle me raconta qu'à l'image de ces grands restaurants où le sommelier s'assure que votre verre ne demeure jamais vide, un maître d'hôtel ne cessait de lui apporter de nouveaux jetons sur un petit plateau. Lorsqu'elle décide de quitter la table et demande la note, le maître d'hôtel lui apporte un petit papier sur lequel est inscrit un montant en livres anglaises. Mais en faisant la conversion, elle s'aperçoit avec horreur qu'elle a perdu une somme absolument exorbitante et s'imagine devoir rentrer à Paris précipitamment, devoir déménager, vendre sa voiture, me confier à sa mère… Faisant preuve d'un sang-froid inouï, comme elle seule en est capable, elle décide malgré tout de rester et de jouer pour se refaire. Après quatre heures d'une lutte acharnée, elle parvient finalement à remonter et sort indemne de cette salle de jeu. Elle reste néanmoins marquée par ce souvenir et il n'est pas très étonnant qu'elle demande à être interdite de jeu, deux ans plus tard, et pour une période de dix ans comme le prévoit la législation. Cet épisode dut lui faire prendre conscience de la valeur de l'argent. C'est d'ailleurs à ce moment qu'elle décide de confier son patrimoine à Marylène Detcherry, qui veillera à ce qu'elle ne fasse plus de bêtises ni d'excès.

Sa manière de vivre – le jeu, la fête, les voitures rapides, les amis – avait fait la une des journaux où sa vie était décrite comme une sorte de scandale et de débauche permanents. Après avoir gagné trop d'argent, voilà qu'elle en dépensait trop. Des deux elle finit d'ailleurs par se demander ce que, de trop gagner ou de trop dépenser, on lui reprochait le plus. « J'ai l'impression que si j'avais acheté des chaînes de snack-bars et assuré mes vieux jours, les gens seraient moins scandalisés. »

Ma mère étant mineure au moment de signer chez Julliard – la majorité était alors à vingt et un ans –, c'était ma grand-mère, Marie Quoirez, qui avait apposé sa signature sur le contrat, et ma mère avait dû attendre sa majorité pour disposer d'un compte en banque et d'un chéquier à son nom. Je suppose qu'elle perçut ses premiers droits en liquide ou que l'on fit transiter l'argent par le compte de ses parents. *Bonjour tristesse* lui a énormément rapporté, pourtant ce ne fut que deux ans plus tard, à l'âge de vingt ans, lorsqu'elle quitta le domicile de ses parents pour acheter un appartement rue de Grenelle où elle s'installa avec son frère, qu'elle se rendit compte du montant de ses gains.

Ma mère a toujours prétendu, du fait que ses parents eurent la vie plutôt facile – ma grand-mère ne travaillait pas, et mon grand-père, ingénieur, dirigeait des usines et gagnait confortablement sa vie –, qu'ils étaient assez dépensiers et qu'elle ne manqua jamais de rien, que les revenus de *Bonjour tristesse* n'avaient pas changé son rapport à l'argent. Eût-elle connu une enfance malheureuse, privée de tout – ce qui ne fut pas même le cas pendant la guerre –, il eût été compréhensible qu'elle s'y cramponnât, par peur de manquer. Elle envisagea donc cette énorme somme comme une manne, une sorte de chose miraculeusement tombée du ciel et dont elle ne saisit pas vraiment l'ampleur. « Cet argent était un peu fou en lui-même », dira-t-elle, presque dépassée. Et suivant les conseils de son père, elle prit bien garde de ne pas le mettre de côté ni le placer mais, au contraire, avec une inconscience charmante, s'efforça de le dépenser, en en faisant profiter ses amis. « Il y avait là une foule de gens que je pouvais entretenir gaiement. [...] J'avais le carnet de chèques, l'argent partait : rien de plus commode. »

René Julliard, qui avait une immense affection pour elle et avait sûrement compris les relations très distendues qu'elle entretenait avec l'argent, se chargeait de compter pour elle. Il suffisait à ma mère de téléphoner à son éditeur pour que celui-ci envoie aussitôt un chèque. Il lui versait ce qu'elle voulait, à sa demande, sans qu'elle eût jamais à s'inquiéter de quoi que ce fût. C'était simple, c'était facile.

Ma mère garda ce rapport distant avec l'argent toute son existence. À l'image de la vie qu'elle s'était choisie, l'argent devait être un outil de liberté, pas un gage de sécurité. Il n'était pas question de le figer en l'immobilisant. Elle ne voulait pas d'une vie tranquille. « Je suis attirée par tout ce qui n'est pas rassurant »,

« [...] quand j'ai l'impression que quelque chose en moi est figé, stable, arrêté, c'est la panique ». L'argent devait être vivant, libre, il doit circuler comme l'air, de main en main. Elle n'aimait pas le posséder ni l'économiser, alors elle le dépensait ou le distribuait. Elle ne comptait jamais, mais elle ne menait pas pour autant une vie complètement folle, n'achetait pas quoi que ce fût d'ostentatoire – les voitures, les chevaux ou la peinture satisfaisaient une véritable passion, pas le désir d'être remarquée. Elle fut décriée par tous les journaux de l'époque. On s'indignait de son train de vie, on parlait de « la bande à Sagan », des boîtes de nuit, de ses Jaguar – dont les deux dernières furent achetées d'occasion. Elle déplorait que la presse s'intéresse si peu à ses romans : « Chaque publication ressemblait à une déclaration d'impôts. J'espérais à chaque fois que l'on me parlerait de littérature, mais non ! Il n'était question que de mon compte en banque. »

Contrairement à ce que beaucoup pensèrent, elle ne méprisait pas l'argent, seulement elle ne l'aimait pas en tant que tel. Elle aimait, en revanche, ce qu'il pouvait apporter, la liberté, la possibilité de ne pas attendre un autobus sous la pluie et de prendre un avion et partir quelques jours au soleil. Mais elle n'aimait pas les rapports qu'il introduisait entre les êtres humains, l'emprise qu'il avait sur une majorité de gens. Ma mère était naturellement généreuse et l'argent lui fut un moyen d'exprimer cette générosité. Tant qu'elle en possédait, elle considérait comme normal qu'il puisse contribuer au bonheur des autres plutôt que de le conserver dans l'*hypothèse* où il viendrait *un jour* à manquer. Et qu'y avait-il à redire à cela ? Qui pouvait prétendre sacrifier le présent d'un ami dans le besoin à sa sécurité personnelle, pour un futur dont on ignore de quoi il sera fait ? La vie immédiate primait toujours sur les éventualités, les calculs et les chimères. Ma tante Suzanne m'a raconté qu'à cette époque, il y avait, rangé dans un placard de son appartement, un carton à chapeaux rempli de billets de banque. Lorsque les gens venaient voir ma mère et qu'ils avaient besoin d'argent, il leur suffisait d'aller se servir dans la boîte. Ainsi ils n'avaient pas à le lui demander, et elle n'avait pas à le leur donner. Un jour que François Gibault, l'ami de mon père, rentrait d'un week-end à Équemauville, il s'est arrêté à Honfleur pour faire le plein d'essence. À ce moment-là, Honfleur était encore un petit port assez paisible et il était rare que l'on y vît passer des Ford Mustang le dimanche soir. C'est pourquoi le pompiste devina que la voiture arrivait du manoir du Breuil et lorsque François voulut payer son plein, le pompiste refusa. Mme Sagan a un compte et les invités de Mme Sagan ne paient pas leur essence. François s'opposa bien sûr à cette offre et régla son dû.

Combien d'autres exemples de sa stupéfiante générosité ? Combien de fois a-t-elle envoyé des chèques à des inconnus qui réclamaient de quoi s'offrir une machine à laver, un abri de jardin et même, un jour, une opération du nez ? Ma mère fit bel et bien parvenir l'argent nécessaire à cette femme qui voulait se faire refaire le nez. Mais l'opération fut un échec et la malheureuse se retrouva avec un nez plus vilain encore. Mais le plus incroyable est que cette personne prétendit poursuivre ma mère en justice, arguant qu'elle était responsable que son nez fût raté !

20

Bien qu'elle n'ait jamais été à droite, ma mère resta, autant que je m'en souvienne et de ce qui me fut rapporté, longtemps proche du général de Gaulle qui incarnait pour elle l'homme providentiel – il ne faut pas omettre que ma mère fut une enfant de la guerre. Elle est favorable aux directions qu'il prend avec l'Algérie et notamment vis-à-vis de sa politique de décolonisation. À l'automne 1960, elle rejoint avec Florence Malraux les cent dix-neuf autres signataires du Manifeste des 121. Ces intellectuels, artistes et universitaires – essentiellement des sympathisants de la gauche – publient dans le magazine *Vérité-Liberté* la « Déclaration sur le droit à l'insoumission dans la guerre d'Algérie », un manifeste destiné à faire prendre conscience aux Français du mouvement de contestation contre la guerre d'Algérie, contre le rôle politique de l'armée dans ce conflit, contre la torture et contre ce militarisme croissant qui va à l'encontre de notre démocratie. Pour conséquence de cet engagement, l'immeuble de ses parents, le 167, boulevard Malesherbes, fut plastiqué un après-midi, quelques minutes seulement après le retour de mon grand-père qui remarqua bien, mais sans y prêter vraiment attention, une sorte de paquet grossièrement ficelé sur le trottoir devant chez lui. Il ne se passa que quelques minutes avant qu'il ne prît l'ascenseur, appuyât sur le bouton du troisième étage, parvînt sur son palier, mît sa clé dans la serrure, ouvrît sa porte pour qu'une très forte déflagration retentît, si forte qu'elle fit tomber sur le boulevard toutes les vitres des immeubles environnants. Les soupçons se portèrent, à juste titre, sur l'OAS, l'organisation militaire secrète qui s'opposait à l'indépendance de l'Algérie. À l'idée que son père eût pu être tué dans cet attentat, et ce alors qu'il n'avait rien à voir avec tout cela et qu'elle avait depuis longtemps quitté le domicile familial, ma mère fut horrifiée.

Si elle avait choisi de s'engager pour l'Algérie, c'était qu'elle se sentait proche de ce conflit. Elle avait vécu le climat de tension extrême dans lequel le pays était plongé à l'époque, avait assisté aux ratonnades, aux charges de la police boulevard Bonne-Nouvelle, aux meurtres d'Algériens, et elle pensait que tout cela était trop, qu'il fallait que cela s'arrête. En revanche, et à l'opposé de Sartre – lui avait été plastiqué à trois reprises – qui s'était très ouvertement engagé sur le conflit dans le Sud-Est asiatique au début des années 1970, elle n'avait pas pris parti ni écrit. Malgré son indignation face aux horreurs de cette guerre, elle n'avait pas écrit ni manifesté contre la présence américaine et ces bombardements massifs dans le nord du pays, au Laos et au Cambodge, qui faisaient des milliers de victimes civiles. Elle jugeait que sa liberté de s'engager devait demeurer entière. L'écrivain ne devait s'intéresser à la politique que si un sujet le touchait directement. « L'écrivain est un animal sauvage, enfermé avec lui-même. Il regarde

– ou pas – en dehors de sa cage, cela dépend du temps qu'il trouve. » Si elle ne pouvait qu'approuver les engagements de Joan Baez, Jane Fonda ou Norman Mailer qui militaient contre cette guerre, il aurait sans doute fallu un collectif à très grande échelle, une sorte de « Manifeste des 50 000 », pour qu'elle se joignît au mouvement. L'opposition croissante de l'opinion publique aux États-Unis et les mouvements de contestation à travers le monde – dont le tribunal Russell, qui s'était auto-institué pour juger les crimes de guerre des Américains avec le philosophe anglais Bertrand Russell et Jean-Paul Sartre, bientôt rejoints par Simone de Beauvoir, Gisèle Halimi et une trentaine d'autres dont trois Prix Nobel de la paix – furent suffisamment importants pour contribuer à l'ouverture des accords de Paris et au désengagement américain – dont Richard Nixon avait fait le thème principal de son début de campagne.

Si je m'attarde autant sur le conflit vietnamien, c'est qu'il fut pour ma mère, comme pour mon père d'ailleurs, un vrai sujet de préoccupation. Je fus le témoin immédiat de cette indignation de mes parents et du public, d'autant que le conflit s'étendit sur toutes les années de mon enfance, de 1965 à 1975. La presse écrite tenait alors une place tout autre que celle d'aujourd'hui, elle n'avait pas été supplantée par la « grosse veilleuse » ni par Internet et, du fait de son indépendance, elle permettait encore de croiser des opinions et des idées ; elle n'appartenait pas à des groupes d'intérêts notamment industriels et financiers. Je ne devais avoir que six ou sept ans, pourtant je me rappelle très bien qu'il n'y avait pas un jour où la presse française ne fît allusion aux événements du Vietnam. Et je me souviens plus particulièrement de ces mots, « My Lai », qui revenaient dans les conversations.

My Lai était un petit village qui fut d'abord incendié et dont les habitants, femmes, enfants, vieillards – au nombre de cinq cent quatre –, furent rassemblés puis abattus – ou torturés puis abattus – par une unité de soldats américains au mois de mars 1968. Le massacre, révélé à l'automne de l'année suivante par le magazine *Life*, suscita une immense émotion, alimentant très vivement les mouvements pacifistes aux États-Unis et le courant d'opposition à cette guerre dans le monde entier. À six ou sept ans, on ne conçoit pas très bien ce que peut être un massacre de civils, mais je me souviens confusément de cette colère de ma mère, de la douleur qui l'avait transpercée comme une épée, si vive et si coupante, et qui la brûlait. Des années après, il nous arriva d'évoquer My Lai. J'eus alors le sentiment que pour elle, au-delà de cette histoire horrible, de ces enfants, de ces femmes, de ces vieillards atrocement massacrés, c'était bien une image du monde qui avait irrémédiablement disparu pour céder la place à une autre ; l'image d'une Amérique belle, éclatante, colorée, gaie, rassurante, libératrice, celle « des gentlemen blonds, tout bronzés, qui un beau jour ont débarqué chez nous en chars d'assaut. […] C'était superbe […] », qu'il lui avait été donné de voir en cette fin de mois d'août 1944, celle triomphante d'une Amérique forte, juste, éprise de liberté, qui nous avait délivrés du joug de l'occupation nazie et semblait si bien porter, depuis, cette toge de la victoire. Et voici que cette Amérique, à son tour, devenait un pays dépassé, mû par la même violence, le même aveuglement et la même bêtise que ceux qu'elle était venue combattre vingt ans plus tôt. Parce que My Lai portait en tous points les mêmes stigmates hideux que certains des massacres qui avaient été perpétrés pendant ces six années de guerre en Europe.

Loin de ma mère l'idée d'une nation, d'une race, d'une identité, d'une philosophie ou d'une culture à laquelle serait attachée l'idée du bien ou du mal. On ne pouvait penser par généralités, par groupes, qu'ils fussent allemands, noirs, khmers, turcs, japonais, socialistes, français, juifs, maquisards ou anarchistes. Ma mère ne supportait pas que l'on juge les autres à l'aune de leur « race », que l'on se prétende supérieur parce que aryen, juif, pauvre ou riche. Nos conversations nous ramenaient toujours à l'homme, à sa conscience et à sa responsabilité face à ses actes, aux motifs – et non aux « motivations », elle haïssait ce mot – qui pouvaient le conduire à commettre des actes de barbarie. Nous convenions que l'être humain n'échappait pas, ou que trop rarement, à ses faiblesses. Il y avait eu l'Inquisition, les dragonnades, Oradour-sur-Glane et il y en aurait d'autres. C'était horrible, scandaleux, inévitable. Il y avait dans tout cela une sorte de fatalité qui ne trouvait pas d'explication si ce n'est son inéluctabilité, et à laquelle ma mère ne pouvait opposer que ses convictions et, le plus souvent, sa résignation. La question qui revenait sans cesse était « Pourquoi ? » – dont elle désespérait d'ailleurs qu'elle fût aujourd'hui remplacée par « Comment ? ». Pourquoi était-ce toujours « les mêmes imbéciles » qui bombardaient le Vietnam, le Cambodge, le Kosovo, l'Afghanistan ou qui affamaient des populations entières ? L'assassinat de Kennedy avait brusquement changé le visage de l'Amérique et allait changer celui du monde. Nous pensions que sa disparition était un tournant majeur dans l'histoire de notre monde et que les intérêts de la nation allaient de plus en plus céder la place aux intérêts particuliers. Vingt-cinq ans après, nous évoquions encore les menaces que faisaient peser ces intérêts sur notre liberté, réduisant la marge de manœuvre de nos dirigeants qu'ils soumettaient à des forces toujours plus puissantes, celles du monde de la finance et de l'industrie de l'armement. Lorsque, en juin 1961, dans son discours d'adieu, le président Eisenhower mit en garde sa propre nation contre les dangers que représentait le complexe militaro-industriel pour la démocratie, il était un juste visionnaire... Ainsi il paraissait très probable que nous étions dans une démocratie de façade, que ces organisations non élues par les peuples (FMI, GATT, OMC, Banque mondiale, BCE...) avaient récupéré tous les pouvoirs et décidaient sans les citoyens. Leurs décisions ayant été prises par d'autres, nos élus étaient dépossédés de leurs pouvoirs, ce qui rendait leurs programmes si fades et si ennuyeux.

Pour revenir à ses engagements politiques, ma mère fut donc, au début des années 1960, plus proche du général de Gaulle – mais à l'époque qui ne l'était pas ? – que de la « vraie » gauche. Refusant toute idée de ce qui pouvait être figé, résolu, immobile, il était naturel que son cœur aille vers la gauche, mais si certaines idées la séduisaient par leur côté révolutionnaire, elle considérait que le parti communiste avait des liens trop étroits avec l'Union soviétique. L'URSS avait étendu une main de fer sur l'Europe orientale, elle avait privé ses habitants de liberté et de moyen d'expression, ce qui, pour ma mère, était insupportable. Pour ajouter à cela, elle rentrait d'un voyage à Cuba où les premières manifestations de la révolution si prometteuse l'avaient beaucoup déçue. Ainsi, en 1965, de Gaulle était pour elle le seul qui incarnât un esprit de gauche dans lequel elle pût se retrouver. Il s'était engagé dans la décolonisation de l'Algérie et se montrait partisan d'une ouverture vers l'Est, opposé à ce que l'on claque la porte au bloc soviétique. Il n'y avait pas d'autre figure – à l'exception de Mendès France, pour lequel elle ne put pas voter – qui représentât ses idées et ses convictions.

Il faudrait attendre presque une décennie pour qu'un homme incarnât enfin la gauche telle qu'elle la concevait. En 1974, elle vote pour François Mitterrand. Elle réprouve donc tout naturellement l'arrivée de Giscard d'Estaing à la présidence, figurant pour elle tout ce que les égoïsmes de la droite peuvent réunir et engendrer. L'image que ma mère se faisait de la droite et de la gauche se résumait en ces quelques mots : « Pour les gens de droite, la misère est inéluctable ; pour les gens de gauche, elle est insupportable. » Ces sept années de giscardisme ne feront qu'accroître son mécontentement et son indignation, lesquels iront désormais de pair avec un engagement toujours plus marqué à gauche – et pour les socialistes en particulier – qui aboutira, en 1981, à son soutien inconditionnel à François Mitterrand.

Ces « années Giscard » portaient tous les signes d'un pouvoir tendant vers plus d'autorité, plus d'inégalités, le retour de certains privilèges et, surtout, pour ce qui la concernait directement, une imposition qu'elle considérait comme « faramineuse ». Si elle trouvait bien naturel que l'on payât beaucoup d'impôts lorsqu'on gagnait beaucoup d'argent – et elle en gagnait alors énormément –, elle désapprouvait l'usage que l'on faisait de cet argent que l'on « piquait » aux gens, trouvant « très déplaisant que l'on prenne votre argent pour réaliser des missiles ou des petites bombes atomiques » alors que nous possédions déjà de quoi faire sauter trente mille fois la planète. Elle déplorait que l'argent des impôts ne fût pas plus justement distribué, pour l'éducation, la santé, qu'il n'aille pas en priorité aux gens en difficulté – ceux qui étaient « coincés » comme elle disait –, aux hôpitaux, en particulier aux infirmières dont elle allait soutenir le mouvement en 1991, publiant un grand article dans lequel elle prendrait fait et cause pour ces femmes qui manifestaient dans les rues afin de crier leur colère. « Ce sont ces femmes qui vous aident et vous soutiennent dans ces moments capitaux pendant lesquels on est à leur merci et à qui l'on ne peut même pas dire merci. Tout cela est oublié, passé, nié, rejeté, tout cela me dégoûte profondément […]. » Ces femmes, écrit-elle encore, « à qui on se confie soi-même, au pire moment de notre vie […] ces femmes à qui l'on demande de nous aider à vivre et d'aider parfois d'autres à mourir […]. L'idée qu'on les paie mal, qu'on les exploite, me paraît épouvantable […]. C'est une étrange époque quand même que la nôtre, où ceux qui apprennent aux enfants à vivre, à découvrir la vie – les professeurs – et celles qui nous aident à y survivre, parfois à la quitter – les infirmières – sont oubliés et maltraités. Plus qu'étrange d'ailleurs, c'est révoltant ».

Vingt ans plus tôt, elle s'était engagée en faveur de l'avortement. En avril 1971, elle signait le Manifeste des 343, une pétition dans laquelle trois cent quarante-trois femmes affirmant avoir elles-mêmes avorté – et s'exposant ainsi à des poursuites pénales – lançaient un appel pour la liberté des femmes à avorter et une prise de conscience du danger que représentait à l'époque un avortement pour le million de femmes contraintes à la clandestinité. Elle s'insurgeait que la question de l'avortement fût devenue une question de moyens financiers. « Si vous avez de l'argent, vous allez en Suisse ou ailleurs et tout se passe très bien ; si vous n'en avez pas, vous devez aller voir la crémière du coin qui connaît quelqu'un qui vous sabote. » Elle trouvait déshonorant de donner la vie à un être humain si l'on n'était pas décidé à le rendre heureux. « On ne peut pas être sûr de rendre un enfant heureux, mais on peut être sûr de tout faire pour le rendre heureux. »

Pourtant les engagements de ma mère ne furent pas toujours animés par la colère ou l'indignation. On a parfois reproché à Sagan son peu d'engagement en politique et l'on oublie presque toujours de mentionner ses engagements d'admiration ou d'estime. Ses admirations allèrent ainsi ouvertement et de manière éclatante à des auteurs, des réalisateurs, des cinéastes, des peintres, qu'elle vénérait de toute son énergie et de toute son intelligence. Elle éprouvait un besoin irrépressible de leur exprimer sa profonde admiration. Ils avaient été une telle source de bonheur pour elle qu'il lui fallait absolument les faire connaître à tous afin que le plus grand nombre pût partager ce même bonheur. Quel plus grand témoignage de reconnaissance et de générosité ? Un des plus beaux exemples en est la « Lettre d'amour à Jean-Paul Sartre » qu'elle écrivit en 1980 pour son amie Nicole Wisniak qui avait créé le plus beau et le plus élégant des magazines, *Égoïste*. « Vous avez écrit les livres les plus intelligents et les plus honnêtes de votre génération, vous avez même écrit le livre le plus éclatant de la littérature française : *Les Mots*. »

Elle estimait Sartre infiniment parce qu'il était un écrivain d'un très grand talent, mais surtout parce qu'il possédait, selon elle, toutes les qualités du génie humain. Sartre ne s'est jamais soucié de ce que l'on pensait de lui, il ne s'est jamais soucié du ridicule. Sartre a toujours tenu ses promesses, il a toujours foncé tête baissée au secours des faibles et des humiliés. Sartre a toujours cru en des causes et en des gens, et s'il s'est parfois trompé, il l'a toujours reconnu. Sartre a toujours refusé les honneurs de la gloire. Sartre a toujours, tout, donné. « Vous avez aimé, écrit, partagé, donné tout ce que vous aviez à donner et qui était l'important, en même temps que vous refusiez tout ce que l'on vous offrait et qui était l'importance. » Pour elle, Sartre restera le plus grand exemple d'humanité, d'intelligence, de générosité, d'honnêteté, de courage, des qualités qu'il avait élevées au rang d'idéaux. Des idéaux qu'elle partageait, elle dont on disait parfois qu'elle était dépourvue de toute morale, et qu'elle n'aura de cesse d'atteindre. Cette admiration pour Sartre ne dut pas être tout à fait étrangère au fait que ma mère ait refusé un siège à l'Académie française au milieu des années 1990. Tout comme lui, qui avait refusé le prix Nobel de littérature en 1964, et bien qu'elle prît pour prétexte que le vert ne lui seyait pas, elle considérait que la gloire, les récompenses, les honneurs, les médailles étaient incompatibles avec son métier, ses convictions, ses envies et ses passions. Elle leur trouvait un côté figé, définitif, immuable, en contradiction totale avec l'esprit et la vie d'un écrivain. « Aucun artiste, écrivait Sartre, aucun écrivain, aucun homme ne mérite d'être consacré de son vivant, parce qu'il a le pouvoir et la liberté de tout changer. Le prix Nobel m'aurait élevé sur un piédestal alors que je n'avais pas fini d'accomplir des choses, de prendre ma liberté et d'agir, de m'engager. »

Cet élan de cœur et d'esprit pour Sartre, dont elle admire le *génie* – qu'il partage à ses yeux avec un petit cercle dont Proust, Stendhal et Dostoïevski –, lui fera dire d'elle-même qu'elle ne possédait « que du talent ». Elle jugera toujours son travail en dessous de celui de ces « grands auteurs ». Ce n'était nullement de sa part une forme de fausse modestie ou de retenue déguisée, mais une appréciation objective de sa propre valeur et de la qualité de son travail d'écrivain. Ma mère s'est toujours dite tout à fait consciente du fait que ses romans étaient très éloignés du talent de Proust ou de Dostoïevski, que *Bonjour tristesse* ne valait pas *La Chartreuse de Parme*. Ces auteurs qu'elle révérait étaient à eux seuls le plus merveilleux et le plus éclatant de ce que pouvait, de ce que devait être la littérature. Ils incarnaient le génie, l'intelligence, la fulgurance et la beauté réunis. Loin de s'imaginer les atteindre, ma mère se demandait si elle ne pourrait pas s'en approcher un jour, un tout petit peu, avec ce « vrai roman » dont elle me parlait parfois, qu'elle envisageait d'écrire mais qui, me semble-t-il, ne vit pas le jour. J'ai pour ma part la plus grande admiration envers l'humilité de ma mère, pour la simplicité de ses déclarations d'amour à ceux qu'elle avait hissés au-dessus de tout et de tous.

Outre la qualité littéraire que ma mère reconnaissait comme la plus admirable chez Proust, Stendhal, Dostoïevski, Fitzgerald, Styron, Rimbaud et quelques autres, c'étaient aussi les qualités humaines de ces grands hommes, qu'elle avait croisés, connus, et qui furent parfois plus que de simples rencontres, qu'elle admirait. Ils étaient cinéastes, danseurs, hommes politiques, créateurs de mode, parfois des amis intimes. Ils étaient aussi éloignés les uns des autres par leurs métiers – je devrais dire leurs passions – que par la distance géographique qui les séparait. Pour la plupart ils ne se connaissaient pas, ne s'étaient même jamais croisés, mais tous partageaient une compréhension extrêmement personnelle du monde. Tous crurent à des idéaux dont on leur avait dit qu'ils étaient inaccessibles. Tous, comme elle et à leur manière, plaçaient les intérêts des autres avant les leurs et jetaient le conformisme au feu. Tous se distinguaient par une même générosité et une même façon d'aimer, entières et désintéressées. Ils s'appelaient Rudolf Noureev, Joseph Losey, Federico Fellini, Francis Scott Fitzgerald, Bettina Graziani, Mikhaïl Gorbatchev, Yves Saint Laurent, Orson Welles.

Pour être aimé de Sagan, il fallait savoir aimer. Bettina Graziani, une fois un amour fini, pouvait tout oublier, ne pas ajouter un mot ou continuer à aimer en devenant une amie fidèle, et cela est rare. « C'est triste à dire, disait ma mère, mais elle sort complètement de la norme. » Bettina était un roc. Solide et incorruptible, elle fut la seule amie de ma mère dont mon père me chanta autant les louanges. Joseph Losey avait fui une Amérique consacrée au veau d'or, était passé par tous les petits métiers pour se consacrer à sa passion, le cinéma, et, malgré « mille orages et quatre femmes, [il] donnerait sa chemise aux autres et pas à lui-même ». Comme il le disait, « il n'y a rien d'autre à faire sinon être talentueux et parfois se le prouver, et parfois se tromper et là se l'avouer ». Francis Scott Fitzgerald était beau, il plaisait, et ma mère était très sensible à la beauté physique de certains hommes, en particulier celle des acteurs américains que j'ai déjà évoqués quand j'ai parlé du cinéma. De lui, elle dit qu'il aimait les gens et que les gens l'aimaient. De Tennessee Williams, que comme Giacometti, Sartre et quelques autres hommes très rares, il était incapable de nuire. « Il était bon et viril. Et qu'importait qu'il fût bon et viril de préférence avec de jeunes garçons la nuit, du moment qu'il le fût avec toute l'espèce humaine le jour. »

Je finirai cette galerie des grands hommes de ma mère avec Mikhaïl Gorbatchev qu'elle rencontra une fois, à l'occasion d'un voyage où elle accompagnait François Mitterrand. Elle fut sidérée par la grandeur et le courage de cet homme qui, presque seul, s'était battu contre un système et avait bousculé la destinée de la nation la plus immense et alors la plus fermée, la plus prostrée dans l'immobilisme depuis plus de quarante ans. Gorbatchev, avec pour seules armes son ambition et son humanisme, avait affronté tout cela, le régime, les apparatchiks du Kremlin. Il avait renoncé aux promesses d'une retraite paisible dans une banlieue tranquille. Il n'avait pas voulu d'une sécurité gagnée au mépris des autres. Il avait mis en jeu sa propre liberté, au nom des autres et pour les autres. Il s'était montré – comme Bettina – absolument incorruptible.

Sartre, Proust, Stendhal, Dostoïevski, Fitzgerald, Styron, Williams, Rimbaud, Giacometti, Noureev, Losey, Fellini, Bettina, Gorbatchev, Saint Laurent, Welles. Tous, par leurs œuvres ou dans leur vie, avaient su aimer, et Sagan les avait aimés.

21

La situation financière de ma mère, au moment de son décès en 2004, revêtait un caractère si absurde, si ubuesque et si extravagant qu'il fallait un goût très prononcé du risque et de l'adversité pour accepter sa succession. Si je l'avais acceptée alors – et donc aussi le passif de plus d'un million d'euros de dettes –, je me serais naturellement retrouvé, trait pour trait, dans une situation identique à la sienne : la totalité de mes comptes saisis, comptes en banque, droits dus par les éditeurs et ceux dus par les organismes de gestion et d'exploitation des droits d'auteur, dont la SACD ou la SACEM.

À l'époque, cent pour cent des revenus de ma mère faisaient l'objet de ces retenues à la source par les différentes – et nombreuses – trésoreries qui détenaient des créances : les VIe, VIIe et XIIIe arrondissements de Paris et la trésorerie de Honfleur, cette dernière détenant la plus grosse dette. Bien évidemment, les revenus de ma mère (ceux qui étaient saisis) étaient assujettis à l'impôt et celui-ci ne pouvant être payé, du fait même de ces saisies, engendrait encore des majorations et des pénalités parfois assorties d'amendes. Ainsi, au cours de ses dernières années, ma mère ne toucha pas un franc pour vivre ; on prétendit même qu'on lui supprima une petite retraite agricole qui devait correspondre à cinq cents euros d'aujourd'hui. La situation fiscale de ma pauvre mère avait totalement dérapé depuis des années et d'une manière totalement incontrôlée ; je la savais dépourvue de ressources – elle ne travaillait plus ou presque, essentiellement pour des questions de santé – et je devenais à mon tour révolté et furieux du tournant proprement grotesque qu'avait pris la situation. Sa santé trébuchante associée au harcèlement des créanciers avait précipité les choses.

Depuis toujours, ma mère m'avait tenu à l'écart de ses affaires. Nos principes voulaient d'ailleurs que l'on ne parle pas d'argent entre nous (et cette règle était déjà de mise avec ses parents). S'il nous arrivait pourtant d'évoquer l'argent dans nos conversations, c'était pour disserter de manière générale sur, par exemple, l'influence grandissante qu'il semblait détenir dans certains milieux ou auprès de certaines personnes. Il n'était pas question de chiffres, ni de contrats, ni d'adaptations, ni de cessions quelconques, ni même de droits. Si tous ces mots m'étaient naturellement familiers, je n'en comprenais pas toujours le sens. La reprise de ses œuvres me permit assez vite de combler ces lacunes.

Au-delà de sa responsabilité, que l'on ne pouvait nier après des années de négligence vis-à-vis de ses affaires et du règlement de ses impôts, je bouillais de voir que, malgré ses problèmes de santé, ses difficultés de toutes sortes, malgré ce comité d'amis qui s'était constitué et avait pris fait et cause pour elle, notamment dans les journaux, personne n'était intervenu en vue de mettre un terme à cet acharnement. Personne des amis de M. Chirac, ni de ceux de M. Thierry Breton, à l'époque ministre des Finances, n'avait cru bon d'écouter les appels à l'aide de cette femme qui avait fait rayonner l'image de la France à travers le monde et, beaucoup plus prosaïquement, avait dû rapporter depuis la parution de *Bonjour tristesse*, depuis presque cinquante ans donc, des millions de francs de TVA au Trésor. Aucun d'eux n'avait cru bon d'intervenir afin de lui laisser un revenu minimum suffisant qui lui aurait permis de vivre dignement sans avoir à demander autour d'elle de quoi vivre.

Outre sa situation financièrement catastrophique au moment de sa disparition, sa situation éditoriale était, elle aussi, en très piteux état. L'annonce de son décès dans les médias provoqua naturellement un regain d'intérêt pour son œuvre, et beaucoup, dans un élan de curiosité – pour ceux qui ne l'avaient encore jamais lue – ou de sympathie – pour ceux qui l'avaient lue et un peu oubliée – voulurent acheter ses livres en librairie. Mais il me revint vite aux oreilles qu'à l'exception de quelques rares titres, les romans de Françoise Sagan étaient épuisés. Ce triste constat fut même évoqué lors d'une émission que fit Guillaume Durand en hommage à ma mère. Ainsi, dans les mois qui suivirent sa mort, en ce début d'année 2005, tout portait à croire – ou tout le monde voulait me faire croire – que l'œuvre de Sagan était moribonde et vouée à disparaître de façon certaine. Après la disparition de ma mère, j'allais donc devoir assister à la disparition de l'œuvre et de l'écrivain.

Dès l'automne, dans les semaines qui ont suivi son décès, j'ai pris contact avec le ministère de la Culture dont je savais qu'il s'était mis en relation avec elle à l'été 2004 pour tenter de trouver une issue à sa situation. Je voulais savoir, à mon tour, ce qui avait été envisagé de faire pour desserrer l'étau qui l'asphyxiait complètement. Avec ce ministère, je me rendis compte assez tôt que je tournais en rond, que nos rendez-vous, toujours courtois et aimables, ne nous menaient nulle part. Je fus d'ailleurs indirectement informé par le ministre, M. Donnedieu de Vabres, que le caractère éminemment fiscal du dossier de ma mère rendait toute initiative de sa part vouée à l'échec et que je devais m'adresser directement au ministre des Finances, M. Thierry Breton. Dès le mois d'août 2005, j'écrivis donc une lettre au ministre des Finances où je lui faisais part de mon inquiétude à l'égard de la succession de ma mère ; que cette dernière était grevée d'une dette qui rendait son acceptation impossible en l'état ; que la seule manière d'envisager une régularisation était de relancer l'exploitation de ses droits d'auteur et de mettre en place un plan d'apurement progressif de la dette, une sorte de moratoire, qui permette de la rembourser en totalité.

Mon avocat, Jean Aittouares, et moi-même fûmes reçus au ministère des Finances dès le mois d'octobre qui suivit mon courrier. Nous nous retrouvâmes ainsi à dix autour d'une grande table. Chacun de nos interlocuteurs était lié, pour des raisons diverses, au dossier de ma mère, ce qui me fit penser *in petto* que la somme des embarras qu'elle avait causés était plus importante que je ne l'avais imaginé. L'ambiance était grise et les mines renfrognées, et nous pressentîmes assez vite, mon conseil et moi-même, que le « dossier

Sagan » ne ferait l'objet d'aucune bienveillance particulière. Mes appréhensions sur le fait que le dossier de ma mère pouvait encore susciter une gêne et même une relative hostilité auprès de certaines administrations se confirmèrent. Je pense aujourd'hui qu'il y avait plusieurs raisons à cette inimitié. Le dossier fiscal de ma mère circulait dans les couloirs du ministère des Finances depuis le début de ses « ennuis », soit depuis près de quinze ans, et outre le fait qu'il fût alourdi des nombreuses créances qui venaient encore régulièrement s'y ajouter, il était aussi lesté du poids des nombreux revirements politiques, parfois amicaux – sous François Mitterrand –, parfois hostiles – lors du changement de majorité et de l'« affaire Elf » –, et des interventions qui allaient de pair.

Après que mon brillant avocat et moi-même eûmes présenté un exposé honnête de la situation et que l'on nous eut promis un nouveau rendez-vous trois mois plus tard assorti de propositions concrètes, il ne se passa strictement rien. Au printemps 2006, un an et demi après la disparition de ma mère, la succession était toujours figée et rien ni personne ne semblait disposé à voir les choses changer. Du côté du patrimoine littéraire non plus rien n'avait bougé d'un iota et la situation semblait bloquée puisqu'il m'était impossible d'y mettre le nez, étant dépourvu de toute légitimité tant que je n'avais pas légalement accepté la succession. Il eût été réprouvé, par exemple, que j'adresse une lettre à un éditeur – ou même que je lui téléphone – pour lui demander un relevé de compte ou la copie d'un contrat d'édition ; du fait de sa nature qui m'assimilait à un héritier, une telle démarche risquait de faire de moi un acceptant de la succession *de facto*. Et cette incapacité à agir, à prendre des décisions, renforçait encore mon exaspération et ma frustration. Cette situation était d'autant plus ubuesque que nous avions besoin, mon avocat et moi-même, de la plus grande quantité d'informations possible sur l'état de la succession de ma mère. Il nous fallait les copies de ses contrats pour connaître les modes d'exploitation prévus pour chacune des œuvres ; il nous fallait connaître les cessions réalisées ces dernières années par les éditeurs, savoir où et comment se vendaient les livres, etc. ; il fallait enfin que j'obtienne confirmation – ce qui serait le cas plus tard – que certains de ses éditeurs, un en particulier, avaient quasiment abandonné l'exploitation de l'œuvre de ma mère en France et ce depuis des années – depuis une période bien antérieure à sa disparition – et se contentaient désormais de toucher les royalties sur les exploitations annexes à l'étranger par des éditeurs tiers. Et si le besoin d'appréhender la succession devint si impérieux, ce ne fut pas tant pour décider de ce « oui » ou ce « non » qui serait définitif et me scellerait tout aussi définitivement au patrimoine de ma mère, que parce que j'étais pris par le temps et savais que l'Administration, qui ne s'était pas encore lancée à mes trousses, n'attendrait pas indéfiniment que je me décide. Nous disposions de temps pour réfléchir et agir, mais ce temps nous était compté. Nous le mîmes à profit, mon avocat et moi-même, pour avancer dans nos recherches ; nous recherchions essentiellement des choses désagréables, nauséabondes et dangereuses, et nous efforcions d'évaluer leur capacité de nuisance ; car ce serait contre ces choses-là qu'il faudrait nous prémunir une fois la succession acceptée. Il s'agissait de s'armer le mieux possible pour affronter la horde des créanciers – dont nous ignorions encore le nombre exact – dont la simple mine, parfois, ne laissait rien présager de très plaisant. Le principal d'entre eux était l'État français qui détenait plus de soixante pour cent des créances. Pourtant, ce n'était pas lui qui m'effrayait le plus. Je savais que si nous trouvions finalement un accord – il me plaisait de croire que c'était l'hypothèse la plus vraisemblable –, nous serions engagés sur une voie tracée où, moyennant le respect de nos engagements communs, j'avais de bonnes chances de voir la dette intégralement remboursée au bout de trente ou quarante ans. Je me doutais que le temps serait probablement moins un ennemi pour l'État français que pour certains particuliers. Et justement, les quarante pour cent restant à devoir étaient très inégalement répartis entre des débiteurs privés – propriétaires dont les loyers n'avaient pas été réglés, employés qui avaient fait les frais d'un licenciement lapidaire et porté leur cause devant les prud'hommes, détenteurs d'une reconnaissance de dette lointaine réclamant à présent leur dû sur-le-champ… Ceux-là étaient évidemment moins disposés à envisager un échelonnement de leur créance après avoir déjà attendu près de trois années que je devienne enfin héritier. Jean, mon conseil, fit un travail extrêmement habile, allant chaque fois que cela fut possible au-devant d'eux et faisant des offres qui, trois ans après le décès de ma mère, ont dû paraître inespérées. Il coupa ainsi court à toute exigence démesurée de leur part.

Si durant cette longue période qui s'étendit du décès de ma mère en septembre 2004 jusqu'au mois de juin 2007 où j'acceptai officiellement la succession, il m'arriva de laisser croire à certains que j'hésitais encore, au fond de moi je savais – et je sus intuitivement depuis le premier jour – que j'allais accepter cette succession, et ce quoi qu'il m'en coûte. J'étais prêt à abandonner mon métier de photographe, ce que je finis par faire d'ailleurs ; je ne crois pas que ce fut une grande perte car, bien que j'arrive à en vivre et même assez bien, j'étais dépourvu du talent nécessaire. Avec le recul, je me rends compte que tous les événements, toutes les épreuves et tous les dangers surtout, qui auraient pu me décourager depuis ce mois de septembre 2004 où ma mère s'en alla pour ainsi dire seule et abandonnée, n'ont fait, au contraire, que renforcer ma conviction et mon envie de reprendre son patrimoine et de réhabiliter son souvenir. Au cours de ces sept dernières années, j'ai fait preuve d'une détermination dont je ne me pensais pas capable et qui m'a rallié un bon nombre de personnes, de celles-là mêmes qui étaient opposées à la reprise de la succession. Certaines, effrayées par l'ampleur du travail à entreprendre pour remettre de l'ordre dans ses affaires, pensaient qu'à peine y aurais-je mis le nez que j'aurais reculé, épouvanté, laissant derrière moi un désordre plus grand encore ; d'autres, atterrées par le gouffre à combler et les menaces de saisie et de procès que représentait « la horde », craignaient pour mon équilibre et celui de ma famille.

Au printemps 2006, la réponse promise par l'Administration n'arriva pas, pas plus qu'elle ne nous parvint au cours de l'été. Et ce silence, je le savais, ne relevait pas de quelque négligence ou retard dans le traitement du dossier, il était clairement l'expression d'un refus net et résolu.

Je n'ignorais pas que tout refus sous une administration en particulier, en l'occurrence celle de M. Chirac, était définitif et que toute nouvelle tentative serait vaine. Avec cette fin de non-recevoir, je savais donc que plus rien ne se produirait à moins d'un bouleversement majeur – une élection, par exemple. Nous étions au début de l'automne 2006, je me trouvais dans une impasse, certes, mais j'étais encore sauf. Grâce à ce talentueux avocat que j'avais rencontré à la suite du décès de ma mère – et qui avait su me prémunir contre les plus graves dangers –, je n'étais pas assailli quotidiennement par une troupe d'huissiers déchaînés, ni jeté à la rue. Mais je n'avais pas la plus petite idée de la manière dont je pourrais en sortir.

Dans un premier temps, je devais attendre que M. Chirac et son ministre des Finances s'en aillent – et cela devait se produire bientôt, six mois après très exactement, car nous étions à l'aube de l'élection présidentielle de 2007. Si ça n'avait pas été le cas, j'aurais probablement fait l'objet d'un acharnement semblable à celui que ma mère avait connu, j'aurais été saisi de tout, c'est-à-dire pas grand-chose – quelques appareils photo, un Macintosh et quelques tableaux – et, qui sait, peut-être aurais-je fini à la soupe populaire. Mais cela aurait surtout été une immense défaite sur le plan moral car c'est contraint et forcé que j'aurais dû renoncer à sa succession, ce qui aurait voulu dire que son œuvre aurait été vendue en pièces détachées aux enchères publiques pour rembourser les créances. Cette hypothèse, la plus triste et à laquelle je ne pouvais m'empêcher de penser de temps à autre, aurait également signifié que son pays ne la reconnaissait plus et se couvrait de déshonneur en reniant celle qui lui avait tant apporté et qu'il avait un temps adulée. (Cela voulait également dire que je prenais mes valises et quittais la France pour ne jamais revenir.) J'avais le sentiment que ma mère, que l'œuvre de ma mère, allait être clouée au pilori par des personnes qui n'avaient sûrement pas bien – ou pas du tout – lu ses livres, et cette simple idée exacerbait encore mon indignation. Que ma mère, qui avait marqué son temps avec ses cocasseries et ses sottises, passant une époque bénie à faire la fête, jouer au casino, inviter toute une clique autour d'elle et rouler vite en voiture, pût être démodée, je le concevais à la rigueur fort bien, et ce serait alors notre époque insipide qui serait à blâmer. Que son œuvre, ses romans, pussent être tout aussi démodés, déplacés ou mortels d'ennui par la mise en scène répétitive de cette bourgeoisie aisée, blasée et insouciante, que « l'intérêt des lecteurs s'était émoussé » et que l'œuvre fût bonne à jeter au panier, j'étais également prêt à l'entendre, à le comprendre et à m'y résoudre. Après tout, elle ne serait pas le premier ni le dernier écrivain à se dissoudre dans les oubliettes d'un XXe siècle qui ne pardonnait pas à certains de ses auteurs leur manque de réalisme. Mais avant de tout jeter au panier, je pensais que ce n'était pas à moi, ni à son éditeur, ni au ministère de la Culture et encore moins au ministère des Finances d'en décider. Non. Je considérais que si quelqu'un devait juger du devenir de son œuvre, de sa postérité, c'était bien le public, les lecteurs. Seuls les lecteurs pouvaient décider du sort de sa « petite musique », si elle devait ou non franchir le cap de ce nouveau siècle. Ce ne pourrait être autrement. Il fallait que dans ce désordre invraisemblable il y ait un peu de sens. Il fallait donc faire en sorte que les livres de ma mère soient réédités, fût-ce au mépris de tout et à l'encontre de tous. J'étais prêt à tout pour cela. J'aurais écrit aux grands de ce monde dont je sais qu'ils l'aiment encore – Bill Clinton, Mikhaïl Gorbatchev, Elie Wiesel, pour ne citer qu'eux –, j'aurais intenté une action devant la Cour européenne de justice en invoquant le fait que la France ne respectait pas son devoir de protéger et promouvoir son patrimoine culturel. Enfin, en ultime recours, j'aurais planté une tente et une grande banderole rue de Bercy, sur laquelle on aurait pu lire « Il faut *bien sûr* sauver l'écrivain Sagan » (avec bien sûr en italique) et j'aurais bien évidemment – et à mon grand dam – convoqué toute la presse. Je crois que l'effet aurait été garanti, tout comme ma mise en garde à vue, d'ailleurs.

J'attendais un miracle en me rongeant les sangs mais les miracles n'ont jamais lieu en de telles circonstances. Ma seule lueur d'espoir était l'imminence des élections présidentielles et, bien que je fusse très loin à ce moment de me préoccuper de la campagne politique – la destinée de la nation passait pour moi bien après celle de l'œuvre de ma mère –, on me conseilla avec insistance d'écrire à M. Sarkozy. Il était le seul, semblait-il, à pouvoir me sortir de cette impasse, et il était aussi, chaque jour passant, le prétendant le plus probable à la victoire. En octobre 2006, je lui écrivis donc une lettre que j'adressai place Beauvau, au ministère de l'Intérieur, dans laquelle je lui faisais part de mon désarroi, de mes difficultés et de l'importance de trouver une issue à la situation inextricable dans laquelle je me débattais. (J'insistais au passage sur le fait que le ministère des Finances, où il avait fait un passage, demeurait sourd à mes demandes.) Je reçus une réponse de M. Sarkozy deux semaines plus tard, me faisant part de sa compréhension ; il allait de ce pas solliciter le ministre du Budget, M. Thierry Breton, et le ministre de la Culture, M. Renaud Donnedieu de Vabres. J'étais donc revenu à la case départ, mais j'avais attiré l'attention du prochain locataire de l'Élysée sur la menace qui pesait sur le patrimoine de ma mère ; je me rassurais en espérant que, à la suite des remaniements qui surviendraient après le départ de M. Chirac, je trouverais des personnes plus attentives à ma situation.

Après l'arrivée de Nicolas Sarkozy à l'Élysée au printemps 2007, il fallut encore de longues semaines et, surtout, que quelque chose de miraculeux, d'inespéré se produisît pour qu'enfin soit levée cette malédiction qui pesait sur le « dossier Sagan » depuis tant d'années. Au début de l'été, le 26 juin 2007 très exactement, lassé d'attendre, trop lesté de faux espoirs et alors qu'aucun accord n'avait encore été trouvé, je décidai de sauter dans le vide et j'acceptai la succession de ma mère devant notaire. Ce coup du sort sembla porter ses fruits. Il sembla dès lors, au cours de nos rendez-vous successifs au ministère des Finances, que nous avions à chaque fois de meilleures raisons de fonder nos espoirs. Ainsi, à partir du début de l'hiver 2007, les choses prirent un tour nouveau avec la mise en place d'un plan qui permettrait de rembourser l'intégralité du passif fiscal de ma mère. Au terme de trois années de lutte, un vœu, et non des moindres, allait peut-être enfin se réaliser.

Comme je l'ai dit plus haut, seule mon acceptation de cette succession me permettait de prendre les commandes de ce grand bateau rempli d'eau. J'étais donc désormais maître à bord, libre de toute initiative. Ce qui signifiait que je devenais également exposé au vent et aux tempêtes, à la fureur de certains des créanciers. Dès l'automne 2007, je dus rédiger et assembler un mémo d'une centaine de pages qui fût une sorte de rapport exhaustif sur le produit de l'œuvre de Françoise Sagan depuis 2001, afin d'avoir une idée des revenus potentiels pour les années à venir. Il fallait rassurer Bercy sur le fait que l'œuvre, à condition qu'on l'exploitât correctement, pouvait encore rapporter suffisamment pour rembourser le passif. Ce fut donc à ce moment-là, alors que mon conseil et moi-même épluchions les comptes d'exploitation de l'œuvre de ma mère, que nos suspicions les plus sombres se révélèrent fondées. Nous eûmes la confirmation que l'œuvre de Françoise Sagan était dans un état d'abandon quasi total depuis près de quatorze ans. Sur les trente-neuf titres que comptait son « catalogue », seuls sept étaient encore disponibles en librairie. Les raisons de cet abandon relèvent principalement du fait que, tout au long de cette période, personne ne s'occupa jamais de rien. Ma mère avait confié la gestion de ses droits à des avocats – elle n'avait plus d'autres moyens de les rémunérer que celui-ci –, mais il me semble que ces derniers ne jouèrent pas toujours leur rôle. Certains voulaient surtout approcher Sagan. D'autres, horrifiés par l'ampleur de la tâche, disparurent aussi vite qu'ils étaient arrivés.

Outre le fait que cette exploitation réduite de son œuvre favorisait un oubli progressif de Françoise Sagan, nous tâchions de comprendre les raisons de cet abandon, de cette « mise au placard ». Mais, plus grave encore, cette inexploitation compromettait l'arrivée de nouvelles rentrées et le remboursement de la dette…

Par ailleurs, le peu de revenus générés étaient immédiatement saisis, engendrant eux-mêmes des dettes fiscales. Ainsi privée de revenus, ma mère ne se rendit même pas compte que certains de ses éditeurs s'étaient tout bonnement assoupis. Cette situation s'est perpétuée et même aggravée après son décès. Ainsi, en reprenant la succession de ma mère, je me retrouvai presque exactement dans sa situation au moment de sa disparition trois ans plus tôt. Je ne disposais d'aucun revenu et héritais d'une dette insurmontable. Malgré tout, je demeurais relativement serein car le ministère des Finances semblait maintenant disposé à ce que je puisse prendre le temps pour éponger les dettes de ma mère. Par ailleurs, et bien que j'eusse très peur que ces quelques années d'éclipse de son œuvre aient suffi à faire oublier Sagan, je recevais régulièrement de bonnes nouvelles de mon notaire – en charge de la succession avant mon acceptation – qui me tenait informé des différentes demandes d'adaptation, d'exploitation, de traductions de l'œuvre de ma mère et elles étaient nombreuses. C'était réconfortant. Malgré son silence involontaire, Sagan n'avait pas été oubliée, du moins à l'étranger. Comme du temps de son vivant, ma mère suscitait un vrai intérêt en Russie, dans les ex-républiques de l'Union soviétique, en Allemagne et aux États-Unis où un projet d'adaptation de *Bonjour tristesse*, notamment, était en cours – car, contrairement à ce que prétend la biographe, Houellebecq n'est pas le seul auteur français à vendre ses romans à l'étranger ; ma mère vendit parfois plus de livres à l'étranger qu'en France, notamment dans les pays de l'Est où elle demeure une sorte d'icône. Mais la priorité allait à la reprise de l'exploitation des livres – parce que ma mère était avant tout un écrivain – et dès que j'eus signé ce papier qui me liait définitivement et irrémédiablement au grand patrimoine, j'ai voulu comprendre pourquoi il était devenu presque impossible de trouver un livre de Sagan en librairie. Certains titres comme *La Femme fardée* et *Réponses* avaient été publiés chez des éditeurs qui n'existaient plus et je pus en récupérer automatiquement les droits. D'autres, *Des bleus à l'âme*, *Un profil perdu*, *Le Chien couchant*, étaient chez un éditeur qui ne les exploitait plus, lequel fut contraint, après que je lui eus adressé une lettre recommandée, de m'en restituer les droits d'exploitation – la loi française prévoit en effet que tout propriétaire d'une œuvre est en droit de la récupérer auprès de son cessionnaire si ce dernier ne l'exploite pas comme il en a été convenu.

Avec l'éditeur principal de ma mère, qui détenait les droits de dix-sept de ses livres dont *Bonjour tristesse* et qui n'en exploitait plus que trois – ou quatre – depuis des années, je voulus prendre plus de précautions. Mon avocat et moi, nous fîmes constater par huissier, dès la fin de novembre 2007, que douze titres n'étaient plus disponibles en librairie. J'envoyai alors une lettre à cet éditeur dès la mi-décembre, l'informant qu'il ne remplissait pas son obligation d'« exploitation permanente et suivie et de diffusion commerciale, conformément aux usages de la profession ». Il me fit parvenir une réponse, quelques jours plus tard, dans laquelle il affirmait que « les œuvres de [ma] mère avaient connu le destin habituel des œuvres de fiction. Au fil du temps, l'intérêt des lecteurs s'émousse et les ventes se tarissent ». Parallèlement à cela, cet éditeur estimait remplir ses obligations en publiant un gros recueil contenant une douzaine de titres de ma mère. Je m'insurgeai. Comment un lecteur dépourvu de moyens, tels qu'un étudiant ou une personne retraitée, qui souhaiterait lire, par exemple, *Un certain sourire*, aurait-il pu acheter un volume complet des œuvres de Sagan ? Cela n'avait pas de sens.

Je me réjouis trop vite de cette réponse de l'éditeur qui, croyais-je, lassé de détenir des œuvres ne se vendant plus et pour lesquelles l'intérêt des lecteurs se serait émoussé, allait m'en restituer les droits. Il n'en fut rien. Dès le mois de mars 2008, l'éditeur fit volte-face et republia l'ensemble des douze titres de ma mère, d'un bloc, sans annonce, ni publicité, ni promotion. Ce brusque revirement ne suffit cependant pas à effacer cette longue période où il priva la librairie des romans de Françoise Sagan et je l'assignai en justice. Ce fut la première fois – et ce serait, je l'espère, la dernière – que je dus mener ce genre d'action et j'eus le sentiment très désagréable que le nombre de personnes impliquées dans l'affaire déformait et dénaturait les véritables raisons de mon entreprise. Il fallait écouter la défense adverse me lancer des quolibets et entendre des gens – qui n'avaient pas connu ma mère – lui prêter des mots et des intentions que je ne lui reconnaissais pas et qui étaient effrayants. C'était à la fois odieux et terriblement gênant. J'avais le sentiment d'une intrusion dans notre vie, d'une violation au cœur même de notre relation. Comble de malchance, il apparut fort malencontreusement que l'avocat qui défendit longtemps les intérêts de ma mère dans les années 1980 et pour lequel, me semblait-il, elle avait une vraie amitié et une grande confiance, se trouvât être l'avocat de cette maison d'édition à laquelle je m'opposais. C'était un concours de circonstances malheureux qui nous mettait brusquement face à face, et je pensai que, du fait qu'il ait si bien connu ma mère et se soit occupé de ses affaires, il m'aurait écrit un mot ou envoyé un message pour me faire part de sa décision, ou non, de rompre cette amitié et cette confiance que ma mère avait placée en lui pendant de si longues années, mais il ne le fit pas. Il fallut que mon avocat l'y force pour qu'il renonce à défendre l'éditeur.

Lorsque à la fin de l'été 2007 – avant notre différend – j'avais rencontré cet éditeur, il avait – lui aussi – prétendu avoir été très proche de ma mère, entretenant avec elle d'excellentes relations – ce que je ne conteste pas. Pourtant, jamais je ne vis cet homme chez nous, ni pour dîner, ni pour boire un verre, et jamais elle ne me parla de lui. En revanche, je voyais régulièrement Jean-Jacques Pauvert, Henri Flammarion – avant leur dispute –, Françoise Verny et Olivier Orban, à Paris et même en Normandie dans notre maison. Ma mère aurait-elle choisi d'entretenir avec cet éditeur une relation aussi confidentielle et privilégiée qu'avec Sartre, Mitterrand ou Florence Malraux ? Je ne le crois pas. Je ne crois pas non plus qu'elle pût avoir une relation insipide avec son éditeur, car la personne qui s'occupait de ses livres était trop importante à ses yeux ; elle devait avoir une confiance absolue – et une relation d'amitié – avec cette dernière pour pouvoir lui remettre un texte auquel elle avait si longtemps réfléchi, sur lequel elle s'était échinée et avait sué sang et eau. Je savais que ma mère nourrissait des griefs assez anciens contre cette maison d'édition, et ce depuis la disparition de son fondateur l'année de ma naissance, griefs qui l'avaient amenée à la quitter pour Flammarion à la fin des années 1960. Elle déplorait déjà à l'époque, depuis le rachat de la maison d'édition par un grand groupe, qu'on ne lui parlât plus que de contrats et d'argent au lieu de littérature. Henri Flammarion, lui, parlait de livres. Lorsqu'elle le rencontra, il lui dit : « Mon père avait une danseuse, c'était Colette ; à l'époque, c'était la seule femme de l'édition, et depuis, il nous manque une danseuse. » Alors ma mère répondit : « Vous tombez bien, je danse admirablement. » Et Flammarion dit à ma mère ce qu'elle avait envie d'entendre : qu'il souhaitait qu'elle reste chez lui à vie, que même vieille et fauchée, il s'occuperait d'elle, que l'argent n'avait pas beaucoup d'importance, qu'il devait y avoir une confiance totale entre l'éditeur et l'auteur. Ma mère aimait cette sécurité morale, ne pas avoir à parler que d'argent, ne pas se sentir achetée comme un sac de charbon.

Pour poursuivre sur les questions d'argent, je fus assez interloqué lorsque cet éditeur prétendit que toutes mes « manœuvres » (il voulait parler du procès que je lui intentais) étaient destinées à gagner de l'argent, à m'enrichir. Il me semble que si l'on veut s'enrichir, gagner de l'argent, on commence par ne pas accepter une dette de plus de un million d'euros que l'on est, de plus, pas sûr de voir totalement remboursée avant sa mort.

Je m'aperçus à ce sujet assez rapidement et assez curieusement que le fait d'être aussi largement endetté procurait une forme de protection des éventuels profiteurs et escrocs qui auraient pu venir se frotter à « l'héritier Sagan » et qui, au contraire, ont fui, épouvantés à l'annonce des montants dont ils m'ont découvert redevable auprès de certains créanciers. Comme le disait justement ma mère, « le poids de l'argent empêche de prendre de la hauteur, il a autant d'emprise sur ceux qui ont de l'argent que sur ceux qui n'en ont pas ».

Au mois d'octobre 2009, grâce à notre persévérance et, je le crois, à cette relation de confiance que nous sommes parvenus à instaurer avec les gens du ministère des Finances, nous avons trouvé et signé un accord qui me permettait de rembourser l'État français selon un calendrier et des clauses supportables pour chacune des parties. Je tenais à ce que l'État n'ait pas le sentiment qu'il risquait de s'embarquer dans une histoire sans fin où il n'aurait jamais vu s'achever le paiement de la dette – je crois qu'il ne l'aurait de toute manière pas accepté – mais il fallait aussi qu'il me reste assez d'argent pour vivre, payer mon avocat, mon comptable et les frais divers de la succession après avoir remboursé la dette et m'être acquitté de mes impôts. La question du remboursement de la dette fiscale de ma mère était enfin réglée, après cinq ans d'efforts, d'acharnement et de complications diverses ; j'avoue que ce jour d'été fut empreint d'un soulagement et d'un bonheur que je n'avais pas ressentis depuis bien longtemps. Il ne restait plus maintenant qu'à exploiter l'œuvre au mieux, à lui donner le plus de chances d'ouverture et de succès, à faire parler de Sagan autour de soi – et cela était relativement facile car elle gardait, cinq ans après sa mort, une image intacte, où se mêlaient générosité, sympathie et contemporanéité –, à espérer que ses « petits romans », comme elle les appelait, fussent traduits ou adaptés à l'étranger, car c'était tout cela qui conduirait à réduire la durée du remboursement de la dette au Trésor français.

Et il semblait que je me trouvais, en cette fin d'année 2009, sous la conjonction d'étoiles la plus parfaite qui fût puisque quelques semaines avant d'avoir signé cet accord avec l'État français, j'avais trouvé un éditeur – je devrais dire un homme miraculeux – qui acceptait de rééditer les quatorze titres de Sagan, ceux que j'étais parvenu à récupérer au cours de mes années de croisade. Après cinq années d'âpre quête, de demandes réitérées et de pugilats, après m'être donné tant de mal pour retrouver ces quatorze titres, je pensais qu'il était absolument indispensable qu'ils fussent rassemblés – pour de bon – chez un seul éditeur. L'idée même de toute dispersion de l'œuvre m'était devenue difficile et je rêvais désormais de réunir tous les livres de ma mère dans une même maison et sous un même toit.

La question de la dette avec le fisc était maintenant réglée ; grâce à l'habileté de mon conseil, j'étais parvenu à un accord avec les autres créanciers privés ; et enfin, j'avais trouvé la confiance et l'amitié de la maison Stock pour promouvoir les romans orphelins de ma mère. Il me restait encore à me rendre au tribunal pour affronter en justice l'éditeur qui, selon moi, avait failli à ses obligations en cessant d'éditer la totalité des livres dont il détenait les droits. L'audience eut finalement lieu à la fin de l'année 2010, le 7 décembre, et il apparut très vite que la situation ne tournerait pas en notre faveur. Outre la virulence de l'avocat adverse, nous eûmes à faire face à un revirement de l'éditeur qui avançait désormais une tout autre explication au fait qu'il n'imprimât plus les livres depuis si longtemps : ce n'était soudain plus l'intérêt des lecteurs qui s'était émoussé et avait conduit à un tarissement des ventes, mais c'était ma mère qui, voyant que ses affaires allaient si mal, se retrouvant saisie par les impôts et acculée de tous côtés, aurait elle-même prié l'éditeur d'interrompre la publication des livres. En manœuvrant ainsi, elle aurait espéré réduire suffisamment sa part de revenus pour faire baisser considérablement le montant de ses impôts l'année suivante.

Ma mère avait donc demandé que fût interrompue l'édition de ses livres – qui représentait la part la plus mince de ses revenus –, mais elle n'avait pas demandé que les cessions de ses droits, notamment aux exploitants étrangers, et qui, elles, représentaient la plus grosse part des revenus de son œuvre, le fussent. Il y avait là de quoi s'interroger. Plus étrange encore, cet éditeur, sur les trois qu'elle avait à l'époque, était le seul à qui elle eût demandé d'agir de la sorte. Les autres, Gallimard et Plon, ne reçurent jamais pareille consigne, que ce fût oralement ou par écrit. Ces allégations qui nous firent littéralement bondir, mon avocat et moi-même, dans la salle d'audience, étaient aussi stupéfiantes qu'invraisemblables. Non seulement l'éditeur n'avait pas la moindre preuve écrite de ce qu'il avançait, mais tout cela était absolument incompatible avec la nature et le caractère de ma mère. J'imaginais en effet très mal celle-ci dire à son éditeur – comme à quiconque d'ailleurs – de « freiner », et plus encore de porter un coup d'arrêt à quoi que ce fût – a fortiori dans le cas présent, s'agissant d'argent, ma mère ayant, comme je l'ai déjà dit à plusieurs reprises, toujours dépensé librement sans requérir l'avis ni les conseils de quiconque. Le fait qu'elle eût attendu l'âge de soixante-cinq ans pour demander à son éditeur de faire des économies était simplement comique, pour ne pas dire grotesque, et c'était très mal la connaître, elle qui avait toujours fui la modération, la mesquinerie et la sécurité. « Je déteste chez les autres le sentiment de sécurité, ce qui rend tranquille. Seuls les excès me reposent. [...] Je suis attirée par tout ce qui n'est pas rassurant. [...] Je n'aime pas posséder ni économiser de l'argent. » De telles allégations confirmaient encore mes doutes sur le fait que l'éditeur prétendît si bien la connaître et être en excellentes relations avec elle. Je finis même par entrevoir, dans le fait de lui prêter des propos aussi éloignés d'elle et ce après tant d'années, une forme de mépris à l'égard de ma mère.

Pour en finir avec cette affaire qui, je le souhaite, sera le dernier grand procès Sagan, je tiens à dire que si je m'y attarde aujourd'hui, c'est qu'il n'y est pas question d'argent. Ce ne sont pas les quelques exemplaires des livres de Sagan qui seront vendus dans une librairie de Limoges ou de Chalon-sur-Saône qui vont remplir les caisses de l'État ou me permettre d'acheter une Lamborghini. Ce que je veux défendre, c'est l'idée relativement simple qu'une vieille dame qui habite Limoges ou Montélimar puisse trouver *La Chamade* chez son libraire, et ce sans avoir à dépenser trente euros.

Au mois d'avril 2012, alors que j'écris ces lignes, mon avocat et moi-même attendons toujours que la date de notre procès en appel nous soit communiquée. Nous avons perdu en première instance.

Aujourd'hui, le petit monde de Sagan a pratiquement disparu, il a été englouti, aspiré par nos modes de vie actuels et les révolutions de la fin du siècle dernier. Avec elle, ont été emportés ses personnages aux vies que l'on qualifiait d'aisées, d'insouciantes et souvent de futiles. Mais en relisant ses livres, je retrouve un désir de vivre et un besoin d'aimer chez chacun de ses personnages qui, eux, ne sont pas près de nous quitter.

PAPIER À BASE DE FIBRES CERTIFIÉES

Le Livre de Poche s'engage pour l'environnement en réduisant l'empreinte carbone de ses livres. Celle de cet exemplaire est de :
250 g éq. CO_2
Rendez-vous sur www.livredepoche-durable.fr

Composition réalisée par Nord Compo

Achevé d'imprimer en mai 2013 en France par
CPI BRODARD ET TAUPIN
La Flèche (Sarthe)
N° d'impression : 73411
Dépôt légal 1re publication : juin 2013
LIBRAIRIE GÉNÉRALE FRANÇAISE
31, rue de Fleurus – 75278 Paris Cedex 06

31/7410/9